· 魯迅經典集 ·

彷　徨

魯迅　著

方志野　主編

前言

《彷徨》是近代文學家魯迅創作的小說集，首版於一九二六年八月，由北京北新書局出版，列為作者所編的《烏合叢書》之一，後編入《魯迅全集》。

中國傳統首重人際關係而忽視個人價值，例如《祝福》篇中的祥林嫂，她命運多舛，刻苦耐勞，背地裡卻又屢屢遭人議論、訕笑。中國社會不知有多少祥林嫂這樣的村婦，魯迅從各種事件上嘲弄她的迂酸，要呈現的卻是中國人受舊禮教及迷信思想所害之深遠。

不少人說魯迅赴日習醫的背景，使他得以解剖手法來書

寫小說。的確，在魯迅的文字裡，不難發現他邏輯嚴謹、思辨深刻，將千百年來滲入中國老百姓骨髓裡的傳統文化的毒瘤，以解剖學的刀法，一筆一筆將之切割。那血肉模糊的事實，使人以為魯迅殘忍尖刻，實則有其對整個中華民族的熱情與用心。

魯迅將個人思想直接或間接地呈露於文字之中，使我們更能深入了解，他雖然批判筆下的人物，實際上卻對他們的自主性給予高度關注。他要強調的，實在是人類的尊嚴、自我意識和自覺的精神。

該小說集收錄了《祝福》《在酒樓上》《傷逝》等十一篇小說，是魯迅先生於五四運動後新文化陣營分管時期（一九二四年～一九二五年）寫的短篇小說集，該小說運用多種修辭手法，表現了魯迅先生對生活在封建勢力重壓下的農民及知識分子的關懷，同時也反映了魯迅先生在這一時期革命征途上探索的複雜心境。

目錄

祝福

舊曆的年底畢竟最像年底，村鎮上不必說，就在天空中也顯出將到新年的氣象來。灰白色的沉重的晚雲中間時時發出閃光，接著一聲鈍響，是送灶的爆竹；近處燃放的可就更強烈了，震耳的大音還沒有息，空氣裏已經散滿了幽微的火藥香。我是正在這一夜回到我的故鄉魯鎮的。雖說故鄉，然而已沒有家，所以只得暫寓在魯四老爺的宅子裏。他是我的本家，比我長一輩，應該稱之曰「四叔」，是一個講理學的老監生。他比先前並沒有什麼大改變，單是老了些，但也還未留鬍子，一見面是寒暄，寒暄之後說我「胖了」，說我

「胖了」之後即大罵其新黨。但我知道，這並非借題在罵我：因為他所罵的還是康有為。但是，談話是總不投機的了，於是不多久，我便一個人剩在書房裏。

第二天我起得很遲，午飯之後，出去看了幾個本家和朋友；第三天也照樣。他們也都沒有什麼大改變，單是老了些；家中卻一律忙，都在準備著「祝福」。這是魯鎮年終的大典，致敬盡禮，迎接福神，拜求來年一年中的好運氣的。殺雞，宰鵝，買豬肉，用心細細的洗，女人的臂膊都在水裏浸得通紅，有的還帶著絞絲銀鐲子。煮熟之後，橫七豎八的插些筷子在這類東西上，可就稱為「福禮」了，五更天陳列起來，並且點上香燭，恭請福神們來享用，拜的卻只限於男人，拜完自然仍然是放爆竹。年年如此，家家如此，──只要買得起福禮和爆竹之類的，──今年自然也如此。天色愈陰暗了，下午竟下起雪來，雪花大的有梅花那麼大，滿天飛舞，夾著煙靄和忙碌的氣色，將魯鎮亂成一團糟。我回到四

叔的書房裏時，瓦楞上已經雪白，房裏也映得較光明，極分明的顯出壁上掛著的朱拓的大「壽」字，陳摶老祖寫的；一邊的對聯已經脫落，鬆鬆的捲了放在長桌上，一邊的還在，道是「事理通達心氣和平」。我又無聊賴的到窗下的案頭去一翻，只見一堆似乎未必完全的《康熙字典》，一部《近思錄集注》和一部《四書襯》。無論如何，我明天決計要走了。

況且，一直到昨天遇見祥林嫂的事，也就使我不能安住。那是下午，我到鎮的東頭訪過一個朋友，走出來，就在河邊遇見她；而且見她瞪著的眼睛的視線，就知道明明是向我走來的。我這回在魯鎮所見的人們中，改變之大，可以說無過於她的了：五年前的花白的頭髮，即今已經全白，全不像四十上下的人；臉上瘦削不堪，黃中帶黑，而且消盡了先前悲哀的神色，彷彿是木刻似的；只有那眼珠間或一輪，還可以表示她是一個活物。她一手提著竹籃。內中一個破碗，

空的；一手拄著一支比她更長的竹竿，下端開了裂；她分明已經純乎是一個乞丐了。

我就站住，預備她來討錢。

「你回來了？」她先這樣問。

「是的。」

「這正好。你是識字的，又是出門人，見識得多。我正要問你一件事——」她那沒有精采的眼睛忽然發光了。

我萬料不到她卻說出這樣的話來，詫異的站著。

「就是——」她走近兩步，放低了聲音，極秘密似的切切的說，「一個人死了之後，究竟有沒有魂靈的？」

我很悚然，一見她的眼釘著我的，背上也就遭了芒刺一般，比在學校裏遇到不及預防的臨時考，教師又偏是站在身旁的時候，惶急得多了。對於魂靈的有無，我自己是向來毫不介意的；但在此刻，怎樣回答她好呢？我在極短期的躊躕中，想，這裏的人照例相信鬼，然而她，卻疑惑了，——或

者不如說希望其有，又希望其無……。人何必增添末路的人的苦惱，為她起見，不如說有罷。

「也許有罷，——我想。」我於是吞吞吐吐的說。

「那麼，也就有地獄了？」

「啊！地獄？」我很吃驚，只得支吾著，「地獄？——論理，就該也有。——然而也未必，……誰來管這等事……。」

「那麼，死掉的一家的人，都能見面的？」

「唉唉，見面不見面呢？……」這時我已知道自己也還是完全一個愚人，什麼躊躇，什麼計畫，都擋不住三句問，我即刻膽怯起來了，便想全翻過先前的話來，「那是，……實在，我說不清……。其實，究竟有沒有魂靈，我也說不清。」

我乘她不再緊接的問，邁開步便走，匆匆的逃回四叔的家中，心裏很覺得不安逸。自己想，我這答話怕於她有些危

險。她大約因為在別人的祝福時候，感到自身的寂寞了，然而會不會含有別的什麼意思的呢？——或者是有了什麼預感了？倘有別的意思，又因此發生別的事，則我的答話委實該負若干的責任……。但隨後也就自笑，覺得偶爾的事，本沒有什麼深意義，而我偏要細細推敲，正無怪教育家要說是生著神經病；而況明明說過「說不清」，已經推翻了答話的全局，即使發生什麼事，於我也毫無關係了。

「說不清」是一句極有用的話。不更事的勇敢的少年，往往敢於給人解決疑問，選定醫生，萬一結果不佳，大抵反成了怨府，然而　用這說不清來作結束，便事事逍遙自在了。我在這時，更感到這一句話的必要，即使和討飯的女人說話，也是萬不可省的。

但是我總覺得不安，過了一夜，也仍然時時記憶起來，彷彿懷著什麼不祥的預感；在陰沉的雪天裏，在無聊的書房裏，這不安愈加強烈了。不如走罷，明天進城去。福興樓的

清燉魚翅，一元一大盤，價廉物美，現在不知增價了否？往日同遊的朋友，雖然已經雲散，然而魚翅是不可不吃的，即使只有我一個……。無論如何，我明天決計要走了。

我因為常見些但願不如所料，以為未必如所料的事，卻每每恰如所料的起來，所以很恐怕這事也一律。果然，特別的情形開始了。傍晚，我竟聽到有些人聚在內室裏談話，彷彿議論什麼事似的，但不一會，說話聲也就止了，只有四叔且走而且高聲的說：

「不早不遲，偏偏要在這時候，——這就可見是一個謬種（編按‧荒謬錯誤的言論）！」

我先是詫異，接著是很不安，似乎這話於我有關係。試望門外，誰也沒有。好容易待到晚飯前他們的短工來沖茶，我才得了打聽消息的機會。

「剛才，四老爺和誰生氣呢？」我問。

「還不是和祥林嫂？」那短工簡捷的說。

「祥林嫂？怎麼了？」我又趕緊的問。

「老了。」

「死了？」我的心突然緊縮，幾乎跳起來，臉上大約也變了色。但他始終沒有抬頭，所以全不覺。我也就鎮定了自己，接著問：

「什麼時候死的？」

「什麼時候？——昨天夜裏，或者就是今天罷。——我說不清。」

「怎麼死的？」

「怎麼死的？——還不是窮死的？」他淡然的回答，仍然沒有抬頭向我看，出去了。

然而我的驚惶卻不過暫時的事，隨著就覺得要來的事，已經過去，並不必仗我自己的「說不清」和他之所謂「窮死的」的寬慰，心地已經漸漸輕鬆；不過偶然之間，還似乎有些負疚。晚飯擺出來了，四叔儼然的陪著。我也還想打聽

些關於祥林嫂的消息，但知道他雖然讀過「鬼神者二氣之良能也」，而忌諱仍然極多，當臨近祝福時候，是萬不可提起死亡疾病之類的話的；倘不得已，就該用一種替代的隱語，可惜我又不知道，因此屢次想問，而終於中止了。我從他儼然的臉色上，又忽而疑他正以為我不早不遲，偏要在這時候來打攪他，也是一個謬種，便立刻告訴他明天要離開魯鎮，進城去，趁早放寬了他的心。他也不很留。這樣悶悶的吃完了一餐飯。

冬季日短，又是雪天，夜色早已籠罩了全市鎮。人們都在燈下匆忙，但窗外很寂靜。雪花落在積得厚厚的雪褥上面，聽去似乎瑟瑟有聲，使人更加感得沉寂。我獨坐在發出黃光的菜油燈下，想，這百無聊賴的祥林嫂，被人們棄在塵芥堆中的，看得厭倦了的陳舊的玩物，先前還將形骸露在塵芥裏，從活得有趣的人們看來，恐怕要怪訝她何以還要存在，現在總算被無常打掃得於乾淨淨了。魂靈的有無，我不

知道；然而在現世，則無聊生者不生，即使厭見者不見，為
人為己，也還都不錯。我靜聽著窗外似乎瑟瑟作響的雪花
聲，一面想，反而漸漸的舒暢起來。

然而先前所見所聞的她的半生事蹟的斷片，至此也聯成
一片了。

她不是魯鎮人。有一年的冬初，四叔家裏要換女工，做
中人的衛老婆子帶她進來了，頭上紮著白頭繩，烏裙，藍夾
襖，月白背心，年紀大約二十六七，臉色青黃，但兩頰卻還
是紅的。衛老婆子叫她祥林嫂，說是自己母家的鄰舍，死了
當家人，所以出來做工了。四叔皺了皺眉，四嬸已經知道了
他的意思，是在討厭她是一個寡婦。但是她模樣還周正，手
腳都壯大，又只是順著眼，不開一句口，很像一個安分耐勞
的人，便不管四叔的皺眉，將她留下了。試工期內，她整天
的做，似乎閑著就無聊，又有力，簡直抵得過一個男子，所
以第三天就定局，每月工錢五百文。

大家都叫她祥林嫂；沒問她姓什麼，但中人是衛家山人，既說是鄰居，那大概也就姓衛了。她不很愛說話，別人問了才回答，答的也不多。直到十幾天之後，這才陸續的知道她家裏還有嚴厲的婆婆；一個小叔子，十多歲，能打柴了；她是春天沒了丈夫的；他本來也打柴為生，比她小十歲：大家所知道的就只是這一點。

日子很快的過去了，她的做工卻毫沒有懈，食物不論，力氣是不惜的。人們都說魯四老爺家裏雇著了女工，實在比勤快的男人還勤快。到年底，掃塵，洗地，殺雞，宰鵝，徹夜的煮福禮，全是一人擔當，竟沒有添短工。然而她反滿足，口角邊漸漸的有了笑影，臉上也白胖了。

新年才過，她從河邊淘米回來時，忽而失了色，說剛才遠遠地看見一個男人在對岸徘徊，很像夫家的堂伯，恐怕是正為尋她而來的。

四嬸很驚疑，打聽底細，她又不說。四叔一知道，就皺

一皺眉，道：

「這不好。恐怕她是逃出來的。」

她誠然是逃出來的，不多久，這推想就證實了。

此後大約十幾天，大家正已漸漸忘卻了先前的事，衛老婆子忽而帶了一個三十多歲的女人進來了，說那是祥林嫂的婆婆。那女人雖是山裏人模樣，然而應酬很從容，說話也能幹，寒暄之後，就賠罪，說她特來叫她的兒媳回家去，因為開春事務忙，而家中只有老的和小的，人手不夠了。

「既是她的婆婆要她回去，那有什麼話可說呢。」四叔說。

於是算清了工錢，一共一千七百五十文，她全存在主人家，一文也還沒有用，便都交給她的婆婆。那女人又取了衣服，道過謝，出去了。其時已經是正午。

「阿呀，米呢？祥林嫂不是去淘米的麼？……」好一會，四嬸這才驚叫起來。她大約有些餓，記得午飯了。

於是大家分頭尋淘籮。她先到廚下，次到堂前，後到臥房，全不見淘籮的影子。四叔踱出門外，也不見，一直到河邊，才見平平正正的放在岸上，旁邊還有一株菜。

看見的人報告說，河裏面上午就泊了一隻白篷船，篷是全蓋起來的，不知道什麼人在裏面，但事前也沒有人去理會他。待到祥林嫂出來淘米，剛剛要跪下去，那船裏便突然跳出兩個男人來，像是山裏人，一個抱住她，一個幫著，拖進船去了。祥林嫂還哭喊了幾聲，此後便再沒有什麼聲息，大約給用什麼堵住了罷。接著就走上兩個女人來，一個不認識，一個就是衛婆子。窺探艙裏，不很分明，她像是捆了躺在船板上。

「可惡！然而……。」四叔說。

這一天是四嬸自己煮中飯；他們的兒子阿牛燒火。

午飯之後，衛老婆子又來了。

「可惡！」四叔說。

「你是什麼意思？虧你還會再來見我們。」四嬸洗著碗，一見面就憤憤的說，「你自己薦她來，又合夥劫她去，鬧得沸反盈天的，大家看了成個什麼樣子？你拿我們家裏開玩笑麼？」

「阿呀阿呀，我真上當。我這回，就是為此特地來說說清楚的。她來求我薦地方，我那裏料得到是瞞著她的婆婆的呢。對不起，四老爺，四太太。總是我老發昏不小心，對不起主顧。幸而府上是向來寬洪大量，不肯和小人計較的。這回我一定薦一個好的來折罪……。」

「然而……。」四叔說。

於是祥林嫂事件便告終結，不久也就忘卻了。

只有四嫂，凶為後來雇用的女工，大抵非懶即饞，或者饞而且懶，左右不如意，所以也還提起祥林嫂。每當這些時候，她往往自言自語的說，「她現在不知道怎麼樣了？」意

思是希望她再來。但到第二年的新正，她也就絕了望。

新正將盡，衛老婆子來拜年了，已經喝得醉醺醺的，自說因為回了一趟衛家山的娘家，住下幾天，所以來得遲了。她們問答之間，自然就談到祥林嫂。

「她麼？」衛老婆子高興的說，「現在是交了好運了。她婆婆來抓她回去的時候，是早已許給了賀家墺的賀老六的，所以回家之後不幾天，也就裝在花轎裏抬去了。」

「阿呀，這樣的婆婆！……」四嬸驚奇的說。

「阿呀，我的太太！你真是大戶人家的太太的話。我們山裏人，小戶人家，這算得什麼？她有小叔子，也得娶老婆。不嫁了她，那有這一注錢來做聘禮？他的婆婆倒是精明強幹的女人呵，很有打算，所以就將她嫁到裏山去。倘許給本村人，財禮就不多；惟獨肯嫁進深山野墺裏去的女人少，所以她就到手了八十千。現在第二個兒子的媳婦也娶進了，財禮只花了五十，除去辦喜事的費用，還剩十多千。嚇，你

看，這多麼好打算？……」

「祥林嫂竟肯依？……」

「這有什麼依不依。——鬧是誰也總要鬧一鬧的；只要用繩子一捆，塞在花轎裏，抬到男家，捺上花冠，拜堂，關上房門，就完事了。可是祥林嫂真出格，聽說那時實在鬧得利害，大家還都說大約因為在念書人家做過事，所以與眾不同呢。太太，我們見得多了：回頭人出嫁，哭喊的也有，說要尋死覓活的也有，抬到男家鬧得拜不成天地的也有，連花燭都砸了的也有。祥林嫂可是異乎尋常，他們說她一路只是嚎，罵，抬到賀家墺，喉嚨已經全啞了。拉出轎來，兩個男人和她的小叔子使勁的擒住她也還拜不成天地。他們一不小心，一鬆手，阿呀，阿彌陀佛，她就一頭撞在香案角上，頭上碰了一個大窟窿，鮮血直流，用了兩把香灰，包上兩塊紅布還止不住血呢。直到七手八腳的將她和男人反關在新房裏，還是罵，阿呀呀，這真是……。」她搖一搖頭，順下眼

晴，不說了。

「後來怎麼樣呢？」四嬸還問。

「聽說第二天也沒有起來。」她抬起眼來說。

「後來呢？」

「後來？——起來了。她到年底就生了一個孩子，男的，新年就兩歲了。我在娘家這幾天，就有人到賀家墺去，回來說看見他們娘兒倆，母親也胖，兒子也胖；上頭又沒有婆婆，男人所有的是力氣，會做活；房子是自家的。——唉唉，她真是交了好運了。」

從此之後，四嬸也就不再提起祥林嫂。

但有一年的秋季，大約是得到祥林嫂好運的消息之後的又過了兩個新年，她竟又站在四叔家的堂前了。桌上放著一個荸薺式的圓籃，簷下一個小鋪蓋。她仍然頭上紮著白頭繩，烏裙，藍夾襖，月白背心，臉色青黃，只是兩頰上已經

消失了血色，順著眼，眼角上帶些淚痕，眼光也沒有先前那樣精神了。而且仍然是衛老婆子領著，顯出慈悲模樣，絮絮的對四嬸說：

「……這實在是叫作『天有不測風雲』，她的男人是堅實人，誰知道年紀青青，就會斷送在傷寒上？本來已經好了的，吃了一碗冷飯，復發了。幸虧有兒子；她又能做，打柴摘茶養蠶都來得，本來還可以守著，誰知道那孩子又會給狼銜去的呢？春天快完了，村上倒反來了狼，誰料到？現在她只剩了一個光身了。大伯來收屋，又趕她。她真是走投無路了，只好來求老主人。好在她現在已經再沒有什麼牽掛，太家裏又湊巧要換人，所以我就領她來。——我想，熟門熟路，比生手實在好得多……。」

「我真傻，真的，」祥林嫂抬起她沒有神采的眼睛來，接著說。「我單知道下雪的時候野獸在山墺裏沒有食吃，會到村裏來；我不知道春天也會有。我一清早起來就開了門，

拿小籃盛了一籃豆，叫我們的阿毛坐在門檻上剝豆去。他是很聽話的，我的話句句聽；他出去了。我就在屋後劈柴，淘米，米下了鍋，要蒸豆。我叫阿毛，沒有應，出去一看，只見豆撒得一地，沒有我們的阿毛了。他是不到別家去玩的；各處去一問，果然沒有。我急了，央人出去尋。直到下半天，尋來尋去尋到山墺裏，看見刺柴上掛著一隻他的小鞋。大家都說，糟了，怕是遭了狼了。再進去；他果然躺在草窠裏，肚裏的五臟已經都給吃空了，手上還緊緊的捏著那只小籃呢。……」她接著但是嗚咽，說不出成句的話來。

四嬸起刻還躊躕，待到聽完她自己的話，眼圈就有些紅了。她想了一想，便教拿圓籃和鋪蓋到下房去。衛老婆子彷彿卸了一肩重擔似的噓一口氣，祥林嫂比初來時候神氣舒暢些，不待指引，自己馴熟的安放了鋪蓋。她從此又在魯鎮做女工了。

大家仍然叫她祥林嫂。

然而這一回，她的境遇卻改變得非常大。上工之後的兩天，主人們就覺得她手腳已沒有先前一樣靈活，記性也壞得多，死屍似的臉上又整日沒有笑影，四嬸的口氣上，已頗有些不滿了。當她初到的時候，四叔雖然照例皺過眉，但鑒於向來雇用女工之難，也就並不大反對，只是暗暗地告誡四嬸，這種人雖然似乎很可憐，但是敗壞風俗的，用她幫忙還可以，祭祀時候可用不著她沾手，一切飯菜，只好自己做，否則，不乾不淨，祖宗是不吃的。

四叔家裏最重大的事件是祭祀，祥林嫂先前最忙的時候也就是祭祀，這回她卻清閒了。桌子放在堂中央，繫上桌幃，她還記得照舊的去分配酒杯和筷子。

「祥林嫂，你放著罷！我來擺。」四嬸慌忙的說。她訕訕的縮了手，又去取燭臺。「祥林嫂，你放著罷！我來拿。」四嬸又慌忙的說。她轉了幾個圓圈，終於沒有事情做，只得疑惑的走開。她在這一天可做的事是不過坐在灶下

燒火。

　　鎮上的人們也仍然叫她祥林嫂，但音調和先前很不同；也還和她講話，但笑容卻冷冷的了。她全不理會那些事，只是直著眼睛，和大家講她自己日夜不忘的故事：

　　「我真傻，真的，」她說，「我單知道雪天是野獸在深山裏沒有食吃，會到村裏來；我不知道春天也會有。我一大早起來就開了門，拿小籃盛了一籃豆，叫我們的阿毛坐在門檻上剝豆去。他是很聽話的孩子，我的話句句聽；他就出去了。我就在屋後劈柴，淘米，米下了鍋，打算蒸豆。我叫，『阿毛！』沒有應。出去一看，只見豆撒得滿地，沒有我們的阿毛了。各處去一問，都沒有。我急了，央人去尋去。直到下半天，幾個人尋到山墺裏，看見刺柴上掛著一隻他的小鞋。大家都說，完了，怕是遭了狼了；再進去；果然，他躺在草窠裏，肚裏的五臟已經都給吃空了，可憐他手裏還緊緊的捏著那隻小籃呢。……」她於是淌下眼淚來，聲音也嗚咽

了。

這故事倒頗有效，男人聽到這裏，往往斂起笑容，沒趣的走了開去；女人們卻不獨寬恕了她似的，臉上立刻改換了鄙薄的神氣，還要陪出許多眼淚來。有些老女人沒有在街頭聽到她的話，便特意尋來，要聽她這一段悲慘的故事。直到她說到嗚咽，她們也就一齊流下那停在眼角上的眼淚，歎息一番，滿足的去了，一面還紛紛的評論著。

她就只是反覆的向人說她悲慘的故事，常常引住了三五個人來聽她。但不久，大家也都聽得純熟了，便是最慈悲的念佛的老太太們，眼裏也再不見有一點淚的痕跡。後來全鎮的人們幾乎都能背誦她的話，一聽到就煩厭得頭痛。

「我真傻，真的，」她開首說。

「是的，你是單知道雪天野獸在深山裏沒有食吃，才會到村裏來的。」他們立即打斷她的話，走開去了。

她張著口怔怔的站著，直著眼睛看他們，接著也就走

了，似乎自己也覺得沒趣。但她還妄想，希圖從別的事，如小籃，豆，別人的孩子上，引出她的阿毛的故事來。倘一看見兩三歲的小孩子，她就說：

「唉唉，我們的阿毛如果還在，也就有這麼大了……」

孩子看見她的眼光就吃驚，牽著母親的衣襟催她走。於是又只剩下她一個，終於沒趣的也走了，後來大家又都知道了她的脾氣，只要有孩子在眼前，便似笑非笑的先問她，道：「祥林嫂，你們的阿毛如果還在，不是也就有這麼大了麼？」

她未必知道她的悲哀經大家咀嚼賞鑒了許多天，早已成為渣滓，只值得煩厭和唾棄；但從人們的笑影上，也彷彿覺得這又冷又尖，自己再沒有開口的必要了。她單是一瞥他們，並不回答一句話。

魯鎮永遠是過新年，臘月二十以後就忙起來了。四叔家裏這回須雇男短工，還是忙不過來，另叫柳媽做幫手，殺

雞，宰鵝；然而柳媽是善女人，吃素，不殺生的，只肯洗器皿。祥林嫂除燒火之外，沒有別的事，卻閑著了，坐著只看柳媽洗器皿。微雪點點的下來了。

「唉唉，我真傻，」祥林嫂看了天空，歎息著，獨語似的說。

「祥林嫂，你又來了。」柳媽不耐煩的看著她的臉，說。「我問你：你額角上的傷痕，不就是那時撞壞的麼？」

「唔唔。」她含糊的回答。

「我問你：你那時怎麼後來竟依了呢？」

「我麼？……」

「你呀。我想：這總是你自己願意了，不然……。」

「阿阿，你不知道他力氣多麼大呀。」

「我不信。我不信你這麼大的力氣，真會拗他不過。你後來一定是自己肯了，倒推說他力氣大。」

「阿阿，你……你倒自己試試看。」她笑了。

柳媽的打皺的臉也笑起來，使她蹙縮得像一個核桃；乾枯的小眼睛一看祥林嫂的額角，又釘住她的眼。祥林嫂似很局促了，立刻斂了笑容，旋轉眼光，自去看雪花。

「祥林嫂，你實在不合算。」柳媽詭秘的說。「再一強，或者索性撞一個死，就好了。現在呢，你和你的第二個男人過活不到兩年，倒落了一件大罪名。你想，你將來到陰司去，那兩個死鬼的男人還要爭，你給了誰好呢？閻羅大王只好把你鋸開來，分給他們。我想，這真是……。」

她臉上就顯出恐怖的神色來，這是在山村裏所未曾知道的。

「我想，你不如及早抵當。你到土地廟裏去捐一條門檻，當作你的替身，給千人踏，萬人跨，贖了這一世的罪名，免得死了去受苦。」

她當時並不回答什麼話，但大約非常苦悶了，第二天早上起來的時候，兩眼上便都圍著大黑圈。早飯之後，她便到

鎮的西頭的土地廟裏去求捐門檻，廟祝起初執意不允許，直到她急得流淚，才勉強答應了。價目是大錢十二千。她久已不和人們交口，因為阿毛的故事是早被大家厭棄了的；但自從和柳媽談了天，似乎又即傳揚開去，許多人都發生了新趣味，又來逗她說話了。至於題目，那自然是換了一個新樣，專在她額上的傷疤。

「祥林嫂，我問你：你那時怎麼竟肯了？」一個說。

「唉，可惜，白撞了這一下。」一個看著她的疤，應和道。

她大約從他們的笑容和聲調上，也知道是在嘲笑她，所以總是瞪著眼睛，不說一句話，後來連頭也不回了。她整日緊閉了嘴唇，頭上帶著大家以為恥辱的記號的那傷痕，默默的跑街，掃地，洗菜，淘米。快夠一年，她才從四嬸手裏支取了歷來積存的工錢，換算了十二元鷹洋，請假到鎮的西頭去。但不到一頓飯時候，她便回來，神氣很舒暢，眼光也分

外有神，高興似的對四嬸說，自己已經在土地廟捐了門檻了。

冬至的祭祖時節，她做得更出力，看四嬸裝好祭品，和阿牛將桌子抬到堂屋中央，她便坦然的去拿酒杯和筷子。

「你放著罷，祥林嫂！」四嬸慌忙大聲說。

她像是受了炮烙似的縮手，臉色同時變作灰黑，也不再去取燭臺，只是失神的站著。直到四叔上香的時候，教她走開，她才走開。這一回她的變化非常大，第二天，不但眼睛窈陷下去，連精神也更不濟了。而且很膽怯，不獨怕暗夜，怕黑影，即使看見人，雖是自己的主人，也總惴惴的，有如在白天出穴遊行的小鼠，否則呆坐著，直是一個木偶人。不半年，頭髮也花白起來了，記性尤其壞，甚而至於常常忘卻了去淘米。

「祥林嫂怎麼這樣了？倒不如那時不留她。」四嬸有時當面就這樣說，似乎是警告她。

然而她總如此，全不見有伶俐起來的希望。他們於是想打發她走了，教她回到衛老婆子那裏去。但當我還在魯鎮的時候，不過單是這樣說；看現在的情狀，可見後來終於實行了。然而她是從四叔家出去就成了乞丐的呢，還是先到衛老婆子家然後再成乞丐的呢？那我可不知道。

我給那些因為在近旁而極響的爆竹聲驚醒，看見豆一般大的黃色的燈火光，接著又聽得畢畢剝剝的鞭炮，是四叔家正在「祝福」了；知道已是五更將近時候。我在朦朧中，又隱約聽到遠處的爆竹聲聯綿不斷，似乎合成一天音響的濃雲，夾著團團飛舞的雪花，擁抱了全市鎮。我在這繁響的擁抱中，也懶散而且舒適，從白天以至初夜的疑慮，全給祝福的空氣一掃而空了，只覺得天地聖眾歆享了牲醴和香煙，都醉醺醺的在空中蹣跚，預備給魯鎮的人們以無限的幸福。

一九二四年二月七日

名家‧解讀

祥林嫂第二次在魯四老爺家裏出現的時候，是賀老六病死、阿毛被狼叼走之後。這是整個故事的高潮。

魯迅是很講究語言的精練的，但作品裏卻兩次寫了祥林嫂的這段追述……這種背誦如流、幾乎一字不差的追述，表現了祥林嫂沒有感情變化，麻木遲鈍的神情，提示了深重的苦難給她造成的嚴重精神創傷。就表現悲劇的深刻性，表現人物內心痛苦的程度來說，這比描寫亡夫失子的場面，描寫人物的悲哀痛哭更強烈更深刻。親人的死亡，固然不幸，但不一定是最難忍受的；失去了精神支柱，還要接受種種鄙視和嘲笑，才是最難忍受的折磨。悲哀痛哭，不一定是最痛苦的內心表現。像祥林嫂這樣欲哭而淚乾，又無感情變化的訴說，難道不是包藏著更深沉的痛苦更引起人們的同情和思索嗎？……

祥林嫂默默地死去了，死在年終祝福、煙氣繚繞的街頭上。這環境，這氣氛，在魯迅的藝術構思中，是對祥林嫂悲劇的一種強烈的對照。這種對照。特別是用「祝福」作為小說的題目，更是強化了這種對照的作用。通過這種對照，有力地表現出作者對封建神權，對那些剝奪別人的幸福而永不滿足，還在貪婪地祝福的人們，如魯四之流的無比的憎恨。

祥林嫂悲劇的深刻性表現在：她不僅在政治上、經濟上受盡了壓榨和摧殘，而且在精神上也受盡了人們的鄙視和嘲笑，不僅在生前哀哀無告，而且開著恐懼走向死亡，死亡在她的心目中，不是悲慘生活的結束，而是一種更大的恐怖的開始。祥林嫂是魯迅深刻地觀察了中國封建社會千千萬萬不幸的人們的命運加以典型化的一個完整的悲劇人物，同時也是中國勞動人民最悲慘的典型。作品正是以這種深刻無比的悲劇力量而震撼人心。

──林志浩《祥林嫂形象描寫的深刻性和獨創性》

在酒樓上

我從北地向東南旅行，繞道訪了我的家鄉，就到S城。這城離我的故鄉不過三十里，坐了小船，小半天可到，我曾在這裏的學校裏當過一年的教員。深冬雪後，風景淒清，懶散和開舊的心緒聯結起來，我竟暫寓在S城的洛思旅館裏了；這旅館是先前所沒有的。城圈本不大，尋訪了幾個以為可以會見的舊同事，一個也不在，早不知散到那裏去了；經過學校的門口，也改換了名稱和模樣，於我很生疏。不到兩個時辰，我的意興早已索然，頗悔此來為多事了。

我所住的旅館是租房不賣飯的，飯菜必須另外叫來，但

又無味，入口如嚼泥土。窗外只有漬痕斑駁的牆壁，帖著枯死的莓苔；上面是鉛色的天，白皚皚的絕無精采，而且微雪又飛舞起來了。我午餐本沒有飽，又沒有可以消遣的事情，便很自然的想到先前有一家很熟識的小酒樓，叫一石居的，算來離旅館並不遠。我於是立即鎖了房門，出街向那酒樓去。其實也無非想姑且逃避客中的無聊，並不專為買醉。

一石居是在的，狹小陰濕的店面和破舊的招牌都依舊；但從掌櫃以至堂倌卻已沒有一個熟人，我在這一石居中也完全成了生客。然而我終於跨上那走熟的屋角的扶梯去了，由此徑到小樓上。上面也依然是五張小板桌；獨有原是木櫺的後窗卻換嵌了玻璃。

「一斤紹酒。——菜？十個油豆腐，辣醬要多！」我一面說給跟我上來的堂倌聽，一面向後窗走，就在靠窗的一張桌旁坐下了。樓上「空空如也」，任我揀得最好的坐位：可以眺望樓下的廢園。這園大概是不屬於酒家的，我先前也曾

眺望過許多回，有時也在雪天裏。但現在慣於北方的眼睛看來，卻很值得驚異了：幾株老梅競鬥雪開著滿樹的繁花，彷彿毫不以深冬為意；倒塌的亭子邊還有一株山茶樹，從暗綠的密葉裏顯出十幾朵紅花來，赫赫的在雪中明得如火，憤怒而且傲慢，如蔑視遊人的甘心於遠行。我這時又忽地想到這裏積雪的滋潤，著物不去，晶瑩有光，不比朔雪的粉一般乾，大風一吹，便飛得滿空如煙霧。……

「客人，酒。……」

堂倌懶懶的說著，放下杯，筷，酒壺和碗碟，酒到了。我轉臉向了板桌，排好器具，斟出酒來。覺得北方固不是我的舊鄉，但南來又只能算一個客子，無論那邊的乾雪怎樣紛飛，這裏的柔雪又怎樣的依戀，於我都沒有什麼關係了。我略帶些哀愁，然而很舒服的呷一口酒。酒味很純正；油豆腐也煮得十分好；可惜辣醬太淡薄，本來Ｓ城人是不懂得吃辣的。

大概是因為正在下午的緣故罷，這雖說是酒樓，卻毫無酒樓氣，我已經喝下三杯酒去了，而我以外還是四張空板桌。我看著廢園，漸漸的感到孤獨，但又不願有別的酒客上來。偶然聽得樓梯上腳步響，便不由的有些懊惱，待到看見是堂倌，才又安心了，這樣的又喝了兩杯酒。

我想，這回定是酒客了，因為聽得那腳步聲比堂倌的要緩得多。約略料他走完了樓梯的時候，我便害怕似的抬頭去看這無干的同伴，同時也就吃驚的站起來。我竟不料在這裏意外的遇見朋友了，──假如他現在還許我稱他為朋友。那上來的分明是我的舊同窗，也是做教員時代的舊同事，面貌雖然頗有些改變，但一見也就認識，獨有行動卻變得格外迂緩，很不像當年敏捷精悍的呂緯甫了。

「阿，──緯甫，是你麼？我萬想不到會在這裏遇見你。」

「阿阿，是你？我也萬想不到⋯⋯」

我就邀他同坐，但他似乎略略躊躕之後，方才坐下來。我起先很以為奇，接著便有些悲傷，而且不快了。細看他相貌，也還是亂蓬蓬的鬚髮；蒼白的長方臉，然而衰瘦了。精神很沉靜，或者卻是頹唐；又濃又黑的眉毛底下的眼睛也失了精采，但當他緩緩的四顧的時候，卻對廢園忽地閃出我在學校時代常常看見的射人的光來。

「我們，」我高興的，然而頗不自然的說，「我們這一別，怕有十年了罷。我早知道你在濟南，可是實在懶得太難，終於沒有寫一封信。……」

「彼此都一樣。可是現在我在太原了，已經兩年多，和我的母親。我回來接她的時候，知道你早搬走了，搬得很乾淨。」

「你在太原做什麼呢？」我問。

「教書，在一個同鄉的家裏。」

「這以前呢？」

「這以前麼？」他從衣袋裏掏出一支煙捲來，點了火銜在嘴裏，看著噴出的煙霧，沉思似的說，「無非做了些無聊的事情，等於什麼也沒有做。」

他也問我別後的景況；我一面告訴他一個大概，一面叫堂倌先取杯筷來，使他先喝著我的酒，然後再去添二斤。其間還點菜，我們先前原是毫不客氣的，但此刻卻推讓起來了，終於說不清那一樣是誰點的，就從堂倌的口頭報告上指定了四樣菜：茴香豆，凍肉，油豆腐，青魚乾。

「我一回來，就想到我可笑。」他一手擎著煙捲，一隻手扶著酒杯，似笑非笑的向我說。「我在少年時，看見蜂子或蠅子停在一個地方，給什麼來一嚇，即刻飛去了，但是飛了一個小圈子，便又回來停在原地點，便以為這實在很可笑，也可憐。可不料現在我自己也飛回來了，不過繞了一點小圈子。又不料你也回來了。你不能飛得更遠些麼？」

「這難說，大約也不外乎繞點小圈子罷。」我也似笑非

笑的說。「但是你為什麼飛回來的呢？」

「也還是為了無聊的事。」他一口喝乾了一杯酒，吸幾口煙，眼睛略為張大了。「無聊的。——但是我們就談談罷。」

堂倌搬上新添的酒菜來，排滿了一桌，樓上又添了煙氣和油豆腐的熱氣，彷彿熱鬧起來了；樓外的雪也越加紛紛的下。

「你也許本來知道，」他接著說，「我曾經有一個小兄弟，是三歲上死掉的，就葬在這鄉下。我連他的模樣都記不清楚了，但聽母親說，是一個很可愛念的孩子，和我也很相投，至今她提起來還似乎要下淚。今年春天，一個堂兄就來了一封信，說他的墳邊已經漸漸的浸了水，不久怕要陷入河裏去了，須得趕緊去設法。母親一知道就很著急，幾乎幾夜睡不著，——她又自己能看信的。然而我能有什麼法子呢？沒有錢，沒有工夫：當時什麼法也沒有。

「一直挨到現在，趁著年假的閒空，我才得回南給他來遷葬。」他又喝乾一杯酒，看著窗外，說，「這在那邊那裏能如此呢？積雪裏會有花，雪地下會不凍。就在前天，我在城裏買了一口小棺材，——因為我預料那地下的應該早已朽爛了，——帶著棉絮和被褥，雇了四個土工，下鄉遷葬去。我當時忽而很高興，願意掘一回墳，願意一見我那曾經和我很親睦的小兄弟的骨殖：這些事我生平都沒有經歷過。到得墳地，果然，河水只是咬進來，離墳已不到二尺遠。可憐的墳，兩年沒有培土，也平下去了。我站在雪中，決然的指著他對土工說，「掘開來！」我實在是一個庸人，我這時覺得我的聲音有些稀奇，這命令也是一個在我一生中最為偉大的命令。但土工們卻毫不駭怪，就動手掘下去了。待到掘著壙穴，我便過去看，果然，棺木已經快要爛盡了，只剩下一堆木絲和小木片。我的心顫動著，自去拔開這些，很小心的，要看一看我的小兄弟，然而出乎意外！被褥，衣服，骨骼，

什麼也沒有。我想，這些都消盡了，向來聽說最難爛的是頭髮，也許還有罷。我便伏下去，在該是枕頭所在的泥土裏仔仔細細的看，也沒有。蹤影全無！」

我忽而看見他眼圈微紅了，但立即知道是有了酒意。他總不很吃菜，單是把酒不停的喝，早喝了一斤多，神情和舉動都活潑起來，漸近於先前所見的呂緯甫了，我叫堂倌再添二斤酒，然後回轉身，也拿著酒杯，正對面默默的聽著。

「其實，這本已可以不必再遷，只要平了土，賣掉棺材，就此完事了的。我去賣棺材雖然有些離奇，但只要價錢極便宜，原鋪子就許要，至少總可以撈回幾文酒錢來。但我不這樣，我仍然鋪好被褥，用棉花裹了些他先前身體所在的地方的泥土，包起來，裝在新棺材裏，運到我父親埋著的墳地上，在他墳旁埋掉了。因為外面用磚墎，昨天又忙了我大半天：監工。但這樣總算完結了一件事，足夠去騙騙我的母親，使她安心些。——阿阿，你這樣的看我，你怪我何以和

先前太不相同了麼？是的，我也還記得我們同到城隍廟裏去拔掉神像的鬍子的時候，連日議論些改革中國的方法以至於打起來的時候。但我現在就是這樣子，敷敷衍衍，模模糊糊。我有時自己也想到，倘若先前的朋友看見我，怕會不認我做朋友了。——然而我現在就是這樣。」

他又掏出一支煙捲來，銜在嘴裏，點了火。

「看你的神情，你似乎還有些期望我，——我現在自然麻木得多了，但是有些事也還看得出。這使我很感激，然而也使我很不安：怕我終於辜負了至今還對我開著好意的老朋友。……」他忽而停住了，吸幾口煙，才又慢慢的說，「正在今天，剛在我到這一石居來之前，也就做了一件無聊事，然而也是我自己願意做的。我先前的東邊的鄰居叫長富，是一個船戶。他有一個女兒叫阿順，你那時到我家裏來，也許見過的，但你一定沒有留心，因為那時她還小。後來她也長得並不好看，不過是平常的瘦瘦的瓜子臉，黃臉皮；獨有眼

晴非常大，睫毛也很長，眼白又青得如夜的晴天，而且是北方的無風的晴天，這裏的就沒有那麼明淨了。她很能幹，十多歲沒了母親，招呼兩個小弟妹都靠她；又得服侍父親，事事都周到；也經濟，家計倒漸漸的穩當起來了。鄰居幾乎沒有一個不誇獎她，連長富也時常說些感激的話。這一次我動身回來的時候，我的母親又記得她了，老年人記性真長久。她說她曾經知道順姑因為看見誰的頭上戴著紅的剪絨花，自己也想有一朵，弄不到，哭了，哭了小半夜，就挨了她父親的一頓打，後來眼眶還紅腫了兩三天。這種剪絨花是外省的東西，S城裏尚且買不出，她那裏想得到手呢？趁我這一次回南的便，便叫我買兩朵去送她。

「我對於這差使倒並不以為煩厭，反而很喜歡；為阿順，我實在還有些願意出力的意思的。前年，我回來接我母親的時候，有一天，長富正在家，不知怎的我和他閒談起來了。他便要請我吃點心，蕎麥粉，並且告訴我所加的是白了。

糖。你想，家裏能有白糖的船戶，可見決不是一個窮船戶了，所以他也吃得很闊綽。我被勸不過，答應了，但要求只要用小碗。他也很識世故，便囑咐阿順說，「他們文人，是不會吃東西的。你就用小碗，多加糖！」然而等到調好端來的時候，仍然使我吃一嚇，是一大碗，足夠我吃一天。但是和長富吃的一碗比起來，我的也確乎算小碗。我生平沒有吃過蕎麥粉，這回一嘗，實在不可口，卻是非常甜。我漫然的吃了幾口，就想不吃了，然而無意中，忽然間看見阿順遠遠的站在屋角裏，就使我立刻消失了放下碗筷的勇氣。我看她的神情，是害怕而且希望，大約怕自己調得不好，願我們吃得有味，我知道如果剩下大半碗來，一定要使她很失望，而且很抱歉。我於是同時決心，放開喉嚨灌下去了，幾乎吃得和長富一樣快。我由此才知道硬吃的苦痛，我只記得還做孩子時候的吃盡一碗拌著驅除蚘蟲藥粉的沙糖才有這樣難。然而我毫不抱怨，因為她過來收拾空碗時候的忍著的得意的笑

容，已盡夠賠償我的苦痛而有餘了。所以我這一夜雖然飽脹得睡不穩，又做了一大串惡夢，也還是祝贊她一生幸福，願世界為她變好。然而這些意思也不過是我的那些舊日的夢的痕跡，即刻就自笑，接著也就忘卻了。

「我先前並不知道她曾經為了一朵剪絨花挨打，但因為母親一說起，便也記得了蕎麥粉的事，意外的勤快起來了。我先在太原城裏搜求了一遍，都沒有；一直到濟南……」

窗外沙沙的一陣聲響，許多積雪從他壓彎了的一枝山茶樹上滑下去了，樹枝筆挺的伸直，更顯出烏油油的肥葉和血紅的花來。

天空的鉛色來得更濃，小鳥雀啾唧的叫著，大概黃昏將近，地面又全罩了雪，尋不出什麼食糧，都趕早回巢來休息了。

「一直到了濟南，」他向窗外看了一回，轉身喝乾一杯酒，又吸幾口煙，接著說。「我才買到剪絨花。我也不知道

使她挨打的是不是這一種，總之是絨做的罷了。我也不知道她喜歡深色還是淺色，就買了一朵大紅的，一朵粉紅的，都帶到這裏來。

「就是今天午後，我一吃完飯，便去看長富，我為此特地耽擱了一天。他的家倒還在，只是看去很有些晦氣色了，但這恐怕不過是我自己的感覺。他的兒子和第二個女兒——阿昭，都站在門口，大了。阿昭長得全不像她姊姊，簡直像一個鬼，但是看見我走向她家，便飛奔的逃進屋裏去。我就問那小子，知道長富不在家。『你的大姊呢？』他立刻瞪起眼睛，連聲問我尋她什麼事，而且惡狠狠的似乎就要撲過來，咬我。我支吾著退走了，我現在是敷敷衍衍……

「你不知道，我可是比先前更怕去訪人了。因為我已經深知道自己之討厭，連自己也討厭，又何必明知故犯的去使人暗暗地不快呢？然而這回的差使是不能不辦妥的，所以想了一想，終於回到就在斜對門的柴店裏。店主的母親，老發

奶奶，倒也還認識我，居然將我邀進店裏坐去了。我們寒暄幾句之後，我就說明了回到Ｓ城和尋長富的緣故。不料她歎息說：『可惜順姑沒有福氣戴這剪絨花了。』

「她於是詳細的告訴我，說是『大約從去年春天以來，她就見得黃瘦，後來忽而常常下淚了，問她緣故又不說；有時還整夜的哭，哭得長富也忍不住生氣，罵她年紀大了，發了瘋。可是一到秋初，起先不過小傷風，終於躺倒了，從此就起不來。直到咽氣的前幾天，才肯對長富說，她早就像她母親一樣，不時的吐紅和流夜汗。但是瞞著，怕他因此要擔心，有一夜，她的伯伯長庚又來硬借錢，──這是常有的事，──她不給，長庚就冷笑著說：你不要驕氣，你的男人比我還不如！她從此就發了愁，又怕羞，不好問，只好哭。長富趕緊將她的男人怎樣的掙氣的話說給她聽，那裏還來得及？況且她也不信，反而說：好在我已經這樣，什麼也不要緊了。』

「她還說，『如果她的男人真比長庚不如，那就真可怕呵！比不上一個偷雞賊，那是什麼東西呢？然而他來送殮的時候，我是親眼看見他的，衣服很乾淨，人也體面；還眼淚汪汪的說，自己撐了半世小船，苦熬苦省的積起錢來聘了一個女人，偏偏又死掉了。可見他實在是一個好人，長庚說的全是謊。只可惜順姑竟會相信那樣的賊骨頭的謊話，白送了性命。——但這也不能去怪誰，只能怪順姑自己沒有這一份好福氣。』

「那倒也罷，我的事情又完了。但是帶在身邊的兩朵剪絨花怎麼辦呢？好，我就托她送了阿昭。這阿昭一見我就飛跑，大約將我當作一隻狼或是什麼，我實在不願意去送她。——但是我也就送她了，母親只要說阿順見了喜歡的了不得就是。這些無聊的事算什麼？只要模模糊糊。模模糊糊的過了新年，仍舊教我的『子曰詩云』去。」

「你教的是『子曰詩云』麼？」我覺得奇異，便問。

「自然。你還以為教的是ＡＢＣＤ麼？我先是兩個學生，一個讀《詩經》，一個讀《孟子》。新近又添了一個，女的，讀《女兒經》。連算學也不教，不是我不教，他們不要教。」

「我實在料不到你倒去教這類的書，……」

「他們的老子要他們讀這些；我是別人，無乎不可的。這些無聊的事算什麼？只要隨隨便便，……」

他滿臉已經通紅，似乎很有些醉，但眼光卻又消沉下去了。我微微的歎息，一時沒有話可說。樓梯上一陣亂響，擁上幾個酒客來：當頭的是矮子，擁腫的圓臉；第二個是長的，在臉上很惹眼的顯出一個紅鼻子；此後還有人，一疊連的走得小樓都發抖。我轉眼去看呂緯甫，他也正轉眼來看我，我就叫堂倌算酒賬。

「你藉此還可以支援生活麼？」我一面準備走，一面問。

053　　　　在酒樓上

「是的。——我每月有二十元，也不大能夠敷衍。」

「那麼，你以後預備怎麼辦呢？」

「以後？——我不知道。你看我們那時預想的事可有一件如意？我現在什麼也不知道，連明天怎樣也不知道，連後一分……」

堂倌送上賬來，交給我；他也不像初到時候的謙虛了，只向我看了一眼，便吸煙，聽憑我付了賬。

我們一同走出店門，他所住的旅館和我的方向正相反，就在門口分別了。我獨自向著自己的旅館走，寒風和雪片撲在臉上，倒覺得很爽快。見天色已是黃昏，和屋宇和街道都織在密雪的純白而不定的羅網裏。

一九二四年二月一六日

名家‧解讀

從這一段（指小說開頭——編者）文字裏，你看到的是什麼呢？微雪，廢園，酒和文人，於是依稀回到那個魏晉時代；你還感到一種懶散、淒涼的氣氛，以及隨之蔓延而來的驅之不去的飄泊感，這恐怕也正是魏晉時代的氣氛，卻也是現實魯迅所感到的。

《在酒樓上》所要傳達的，就是這樣的刻骨銘心的飄泊感。在這個背景下，在微雪、廢園和酒當中，我們的主人公出現了……

結合《寫在〈墳〉後面》，再來讀《在酒樓上》，我們會再一次體會到魯迅和魏晉文人的相通，表面的放達，掩飾不住對逝去生命和已在的生命深情的眷戀。於是，我們也終於明白，呂緯甫其實是魯迅生命的一部分，或者說，正是在呂緯甫身上，隱藏了魯迅先生某些我們不大注意的方面，甚

……這在某程度上，是表達了魯迅（及同類知識份子）的內在矛盾的。作為現實的選擇與存在，魯迅無疑是一個「飄泊者」，他為自己的無所歸宿而感到痛苦。因此，他在心靈的深處是開有對大地的「堅守者」的嚮往的，但他又警惕著這樣的「堅守」可能產生的新的精神危機：這又是一個魯迅式的往返質疑，因此，小說中的「我」與「呂緯甫」確實都有魯迅的身影，但他自己是生活在「我」與「呂緯甫」之外的。而讀者讀這篇作品，卻會因自己處境的不同而引起不同的反響……魯迅將一個大的想像空間、言說空間留給了讀者，這是一個開放的文本：這也是魯迅小說魅力所在。

　　　　　　——錢理群《「最魯迅氣氛」的小說》

至是魯迅的自我敘述中也常常有意無意遮蔽的方面，這就是他那種濃濃的人情味、他對生命的眷戀之情。這正是我們在魯迅大部分著作中不大看得到的，呂緯甫這個形象，就具有某種特殊的意義和價值。

幸福的家庭

——擬許欽文

「……做不做全由自己的便；那作品，像太陽的光一樣，從無量的光源中湧出來，不像石火，用鐵和石敲出來，——這才是真藝術。那作者，也才是真的藝術家。——而我，……這算是什麼？……」他想到這裏，忽然從床上跳起來了。以先他早已想過，須得撈幾文稿費維持生活了；投稿的地方，先定為幸福月報社，因為潤筆似乎比較的豐。但作品就須有範圍，否則，恐怕要不收的。範圍就範圍，……現在的青年的腦裏的大問題是？……大概很不少，或者有許多是戀愛，婚姻，家庭之類罷。……是的，他們確有許多人煩

悶著，正在討論這些事。

那麼，就來做家庭。然而怎麼做呢？……否則，恐怕要不收的，何必說些背時的話，然而……。他跳下臥床之後，四五步就走到書桌面前，坐下去，抽出一張綠格紙，毫不遲疑，但又自暴自棄似的寫下一行題目道：《幸福的家庭》。

他的筆立刻停滯了；他仰了頭，兩眼瞪著房頂，正在安排那安置這「幸福的家庭」的地方。他想：「北京？不行，死氣沉沉，連空氣也是死的。假如在這家庭的周圍築一道高牆，難道空氣也就隔斷了麼？簡直不行！江蘇浙江天天要開仗；福建更無須說。四川，廣東？都正在打。山東河南之類？——阿阿，要綁票的，倘使綁去一個，那就成為不幸的家庭了。——上海天津的租界上房租貴……假如在外國，笑話。雲南貴州不知道怎樣，但交通也太不便……。」他想來想去，想不出好地方，便要假定為Ａ了，但又想，「現有不少的人是反對用西洋字母來代人地名的，說是要減少讀者的

興味。我這回的投稿，似乎也不如不用，安全些二。那麼，在那裏好呢？——湖南也打仗；大連仍然房租貴；察哈爾，吉林，黑龍江罷，——聽說有馬賊，也不行！……」他又想來想去，又想不出好地方，於是終於決心，假定這「幸福的家庭」所在的地方叫作Ａ。

「總之，這幸福的家庭一定須在Ａ，無可磋商。家庭中自然是兩夫婦，就是主人和主婦，自由結婚的。他們訂有四十多條條約，非常詳細，所以非常平等，十分自由。而且受過高等教育，優美高尚……。東洋留學生已經不通行，——那麼，假定為西洋留學生罷。主人始終穿洋服，硬領始終雪白；主婦是前頭的頭髮始終燙得蓬蓬鬆鬆像一個麻雀窠，牙齒是始終雪白的露著，但衣服卻是中國裝，……」

「不行不行，那不行！二十五斤！」

他聽得窗外一個男人的聲音，不由的回過頭去看，窗幔垂著，日光照著，明得眩目，他的眼睛昏花了；接著是小木

片撒在地上的聲響。「不相干，」他又回過頭來想，「什麼
『二十五斤』？」——他們是優美高尚，很愛文藝的。但因為
都從小生長在幸福裏，所以不愛俄國的小說……俄國小說
多描寫下等人，實在和這樣的家庭也不合。『二十五斤』？
不管他。那麼，他們看看什麼書呢？——裴倫（拜倫）的
詩？吉支（濟慈）的？不行，都不穩當。——哦，有了，
他們都愛看《理想之良人》。我雖然沒有見過這部書，但
既然連大學教授也那麼稱讚他，想來他們也一定都愛看，
你也看，我也看，——他們一人一本，這家庭裏一共有兩
本，……」他覺得胃裏有點空虛了，放下筆，用兩隻手支著
頭，教自己的頭像地球儀似的在兩個柱子間掛著。

「……他們兩人正在用午餐，」他想，「桌上鋪了雪白
的布；廚子送——菜來，——中國菜。什麼『二十五斤』？不
管他。為什麼倒是中國菜？西洋人說，中國菜最進步，最好
吃，最合於衛生……所以他們採用中國菜。送來的是第一碗，

但這第一碗是什麼呢？……」「劈柴……」他吃驚的回過頭去看，靠左肩，便立著他自己家裏的主婦，兩隻陰淒淒的眼睛恰恰釘住他的臉。

「什麼？」他以為她來攪擾了他的創作，頗有些憤怒了。

「劈柴，都用完了，今天買了些。前一回還是十斤兩吊四，今天就要兩吊六。我想給他兩吊五，好不好？」

「好好，就是兩吊五。」

「稱得太吃虧了。他一定只肯算二十四斤半；我想就算他二十三斤半，好不好？」

「好好，就算他二十三斤半。」

「那麼，五五二十五，三五一十五，……」

「唔唔，五五二十五，三五一十五，……」他也說不下去了，停了一會，忽而奮然的抓起筆來，就在寫著一行「幸福的家庭」的綠格紙上起算草，起了好久，這才仰起頭來說

道：「五吊八！」

「那是，我這裏不夠了，還差八九個……。」

他抽開書桌的抽屜，一把抓起所有的銅元，不下二三十，放在她攤開的手掌上，看她出了房，才又回過頭來向書桌。他覺得頭裏面很脹滿，似乎榾榾叉叉的全被木柴填滿了，五五二十五，腦皮質上還印著許多散亂的亞剌伯數目字。他很深的吸一口氣，又用力的呼出，彷彿要借此趕出腦裏的劈柴，五五二十五和亞剌伯數字來。果然，吁氣之後，心地也就輕鬆不少了，於是仍復恍恍忽忽的想——

「什麼菜？菜倒不妨奇特點。滑溜里脊，蝦子海參，實在太凡庸。我偏要說他們吃的是『龍虎鬥』。但『龍虎鬥』又是什麼呢？有人說是蛇和貓，是廣東的貴重菜，非大宴會不吃的。但我在江蘇飯館的菜單上就見過這名目，江蘇人似乎不吃蛇和貓，恐怕就如誰所說，是蛙和鱔魚了。現在假定這主人和主婦為那裏人呢？——不管他。總而言之，無論那

裏人吃一碗蛇和貓或者蛙和鱔魚，於是幸福的家庭是決不會有損傷的。總之這第一碗一定是『龍虎鬥』，無可磋商。

「於是一碗『龍虎鬥』擺在桌子中央了，他們兩人同時捏起筷子，指著碗沿，笑迷迷的你看我，我看你……。

『My dear , please.』

『Please you eat first , my dear.』

『Oh no , please you!』

「於是他們同時伸下筷子去，同時夾出一塊蛇肉來，——不不，蛇肉究竟太奇怪，還不如說是鱔魚罷。那麼，這碗『龍虎鬥』是蛙和鱔魚所做的了。他們同時夾出一塊鱔魚來，一樣大小，五五二十五，三五……不管他，同時放進嘴裏去，……」他不能自制的只想回過頭去看，因為他覺得背後很熱鬧，有人來來往往的走了兩三回。但他還熬著，亂嘈嘈的接著想，「這似乎有點肉麻，那有這樣的家庭？唉唉，我的思路怎麼會這樣亂，這好題目怕是做不完篇

的了。——或者不必定用留學生，就在國內受了高等教育的也可以。他們都是大學畢業的，高尚優美，高尚……。男的是文學家；女的也是文學家，或者文學崇拜家。或者女的是詩人；男的是詩人崇拜者，女性尊重者。或者……」他終於忍不住，回過頭去了。

就在他背後的書架的旁邊，已經出現了一座白菜堆，下層三株，中層兩株，頂上一株，向他疊成一個很大的Ａ字。

「唉唉！」他吃驚的歎息，同時覺得臉上驟然發熱了，脊樑上還有許多針輕輕的刺著。「吁……。」他很長的噓一口氣，先斥退了脊梁上的針，仍然想，「幸福的家庭的房子要寬綽。有一間堆積房，白菜之類都到那邊去。主人的書房另一間，靠壁滿排著書架，那旁邊自然決沒有什麼白菜堆；架上滿是中國書，外國書，《理想之良人》自然也在內，——一共有兩部。臥室又一間；黃銅床，或者質樸點，第一監獄工廠做的榆木床也就夠，床底下很乾淨，……」他

當即一瞥自己的床下，劈柴已經用完了，只有一條稻草繩，卻還死蛇似的懶懶的躺著。

「二十三斤半，……」他覺得劈柴就要向床下「川流不息」的進來，頭裏面又有些榾榾叉叉了，便急忙起立，走向門口去想關門。但兩手剛觸著門，卻又覺得未免太暴躁了，就歇了手，只放下那積著許多灰塵的門幕。他一面想，這既無閉關自守之操切，也沒有開放門戶之不安：是很合於「中庸之道」的。

「……所以主人的書房門永遠是關起來的。」他走回來，坐下，想，『有事要商量先敲門，得了許可才能進來，這辦法實在對。現在假如主人坐在自己的書房裏，主婦來談文藝了，也就先敲門。——這可以放心，她必不至於捧著白菜的。

『Come in , please , my dear.』

「然而主人沒有工夫談文藝的時候怎麼辦呢？那麼，不

理她，聽她站在外面老是剝剝的敲？這大約不行罷。或者

《理想之良人》裏面都寫著，——那恐怕確是一部好小說，

我如果有了稿費，也得夫買他一部來看看……。」

拍！他腰骨筆直了，因為他根據經驗，知道這一聲

「拍」是主婦的手掌打在他們的三歲的女兒的頭上的聲音。

「幸福的家庭，……」他聽到孩子的嗚咽了，但還是腰骨筆

直的想，「孩子是生得遲的，生得遲。或者不如沒有，兩個

人乾乾淨淨。」——或者不如住在客店裏，什麼都包給他們，

一個人幹幹……」他聽得嗚咽聲高了起來，也就站了起來，

鑽過門幕，想著，「馬克思在兒女的啼哭聲中還會做《資本

論》，所以他是偉人，……」走出外間，開了風門，聞得一

陣煤油氣。孩子就躺倒在門的右邊，臉向著地，一見他，便

「哇」的哭出來了。

「阿阿，好好，莫哭莫哭，我的好孩子。」他彎下腰去

抱她。他抱了她回轉身，看見門左邊還站著主婦，也是腰骨

筆直，然而兩手插腰，怒氣衝衝的似乎預備開始練體操。

「連你也來欺侮我！不會幫忙，只會搗亂，──連油燈也要翻了它。晚上點什麼？……」

「阿阿，好好，莫哭莫哭，」他把那些發抖的聲音放在腦後，抱她進房，摩著她的頭，說，「我的好孩子。」於是放下她，拖開椅子，坐下去，使她站在兩膝的中間，擎起手來道，「莫哭了呵，好孩子。爹爹做『貓洗臉』給你看。」他同時伸長頸子，伸出舌頭，遠遠的對著手掌舐了兩舐，就用這手掌向了自己的臉上畫圓圈。

「呵呵呵，花兒。」她就笑起來了。

「是的是的，花兒。」他又連畫上幾個圓圈，這才歇了手，只見她還是笑迷迷的掛著眼淚對他看。他忽而覺得，她那可愛的天真的臉，正像五年前的她的母親，通紅的嘴唇尤其像，不過縮小了輪廓。那時也是晴朗的冬天，她聽得他說決計反抗一切阻礙，為她犧牲的時候，也就這樣笑迷迷的掛

幸福的家庭

著眼淚對他看。他惘然的坐著，彷彿有些醉了。「阿阿，可愛的嘴唇……」他想。

門幕忽然捲起。劈柴運進來了。

他也忽然驚醒，一定睛，只見孩子還是掛著眼淚，而且張開了通紅的嘴唇對他看。「嘴唇……」他向旁邊一瞥，劈柴正在進來，「……恐怕將來也就是五五二十五，九九八十一！……而且兩隻眼睛陰淒淒的……。」他想著，隨即粗暴的抓起那寫著一行題目和一堆算草的綠格紙來，揉了幾揉，又展開來給她拭去了眼淚和鼻涕。「好孩子，自己玩去罷。」他一面推開她，說；一面就將紙團用力的擲在紙簍裏。

但他又立刻覺得對於孩子有些抱歉了，重覆回頭，目送著她獨自惵惵的出去；耳朵裏聽得木片聲。他想要定一定神，便又回轉頭，閉了眼睛，息了雜念，平心靜氣的坐著。他看見眼前浮出一朵扁圓的烏花，橙黃心，從左眼的左角漂

到右,消失了;接著一朵明綠花,墨綠色的心;接著一座六株的白菜堆,屹然的向他疊成一個很大的Ａ字。

一九二四年二月一八日。

名家·解讀

這篇小說是魯迅模仿許欽文的《理想的伴侶》的寫法而創作的。但是正如許欽文所說:「魯迅先生的作品內容深厚,思想性尤其強。我的作品膚淺、單薄,不可以比擬。魯迅先生對於我的《理想的伴侶》,只是引起了他寫《幸福的家庭》的動機就是了。」

這篇作品的諷刺有它自身的特點,這就是可笑與可悲密地交織在一起,在喜劇和悲劇性的交融中透露出作者的憤懑與同情。《幸福的家庭》中的這位文學家,自己的生活是

貧苦的、住房擁擠，時常挨餓，夫妻為生活所累，不得不每日為柴米油鹽而精打細算，可是他在寫小說時偏要憑空幻想一個住房寬敞，不愁衣食，處處顯示溫文爾雅的紳士風度的幸福家庭。作者揭示了這種矛盾，指出畫餅充饑式的行為是多麼可笑，從這個意義上說，這是帶有喜劇色彩的。在這裏，人們在聽到作者的笑聲的同時也可以看到他閃閃的淚光。而這又構成了《幸福的家庭》這篇小說獨有的詼諧而又深沉的藝術風格。

——范伯群、曾華鵬《真空中的理想之花的凋零》

肥皂

四銘太太正在斜日光中背著北窗和她八歲的女兒秀兒糊紙錠，忽聽得又重又緩的布鞋底聲響，知道四銘進來了，並不去看他，只是糊紙錠。但那布鞋底聲卻愈響愈逼近，覺得終於停在她的身邊了，於是不免轉過眼去看，只見四銘就在她面前聳肩曲背的狠命掏著布馬掛底下的袍子的大襟後面的口袋。

他好容易曲曲折折的匯出手來，手裏就有一個小小的長方包，葵綠色的，一徑遞給四太太。她剛接到手，就聞到一陣似橄欖非橄欖的說不清的香味，還看見葵綠色的紙包上有

一個金光燦爛的印子和許多細簇簇的花紋。秀兒即刻跳過來要搶著看，四太太趕忙推開她。

「上了街？……」她一面看，一面問。

「唔唔。」他看著她手裏的紙包，說。

於是這葵綠色的紙包被打開了，裏面還有一層很薄的紙，也是葵綠色，揭開薄紙，才露出那東西的本身來，光滑堅致，也是葵綠色，上面還有細簇簇的花紋，而薄紙原來卻是米色的，似橄欖非橄欖的說不清的香味也來得更濃了。

「唉唉，這實在是好肥皂。」她捧孩子似的將那葵綠色的東西送到鼻子下面去，嗅著說。

「唔唔，你以後就用這個……。」

她看見他嘴裏這麼說，眼光卻射在她的脖子上，便覺得顴骨以下的臉上似乎有些熱。她有時自己偶然摸到脖子上，尤其是耳朵後，指面上總感著些粗糙，本來早就知道是積年的老泥，但向來倒也並不很介意。現在在他的注視之下，對

著這葵綠市香的洋肥皂，可不禁臉上有些發熱了，而且這熱又不絕的蔓延開去，即刻一徑到耳根。她於是就決定晚飯後要用這肥皂來拼命的洗一洗。

「有些地方，本來單用皂莢子是洗不乾淨的。」她自對自的說。

「媽，這給我！」秀兒伸手來搶葵綠紙；在外面玩耍的小女兒招兒也跑到了。四太太趕忙推開她們，裹好薄紙，又照舊包上葵綠紙，欠過身去擱在洗臉臺上最高的一層格子上，看一看，翻身仍然糊紙錠。

「學程！」四銘記起了一件事似的，忽而拖長了聲音叫，就在她對面的一把高背椅子上坐下了。

「學程！」她也幫著叫。

她停下糊紙錠，側耳一聽，什麼回應也沒有，又見他仰著頭焦急的等著，不禁很有些抱歉了，便盡力提高了喉嚨，尖利的叫：

「絰兒呀！」

這一叫確乎有效，就聽到皮鞋聲橐橐的近來，不一會，兒已站在她面前了，只穿短衣，肥胖的圓臉上亮晶晶的流著油汗。

「你在做什麼？怎麼爹叫也不聽見？」她譴責的說。

「我剛在練八卦拳……。」他立即轉身向了四銘，筆挺的站著，看著他，意思是問他什麼事。

「學程，我就要問你：『惡毒婦』是什麼？」

「『惡毒婦』？……那是，『很凶的女人』罷？……」

「胡說！胡鬧！」四銘忽而怒得可觀。「我是『女人』麼?!」

學程嚇得倒退了兩步，站得更挺了。他雖然有時覺得他走路很像上臺的老生，卻從沒有將他當作女人看待，他知道自己答的很錯了。「『惡毒婦』是『很凶的女人』，我倒不懂，得來請教你？」——這不是中國話，是鬼子話，我對你

說。這是什麼意思，你懂麼？」

「我，……我不懂。」學程更加局促起來。

「嚇，我白化錢送你進學堂，連這一點也不懂。虧煞你的學堂還誇什麼『口耳並重』，倒教得什麼也沒有。說這鬼話的人至多不過十四五歲，比你還小些呢，已經嘰嘰咕咕的能說了，你卻連意思也說不出，還有這臉說『我不懂』！——現在就給我去查出來！」

學程在喉嚨底裏答應了一聲「是」，恭恭敬敬的退出去了。

「這真叫作不成樣子，」過了一會，四銘又慷慨的說，「現在的學生是。其實，在光緒年間，我就是最提倡開學堂的，可萬料不到學堂的流弊竟至於如此之大：什麼解放咧，自由咧，沒有實學，只會胡鬧。學程呢，為他化了的錢也不少了，都白化。好容易給他進了中西折中的學堂，英文又專是『口耳並重』的，你以為這該好了罷，哼，可是讀了一

年，連『惡毒婦』也不懂，大約仍然是念死書。嚇，什麼學堂，造就了些什麼？我簡直說：應該統統關掉！」

「對咧，真不如統統關掉的好。」四太太糊著紙錠，同情的說。

「秀兒她們也不必進什麼學堂了。『女孩子，念什麼書？』九公公先前這樣說，反對女學的時候，我還攻擊他呢；可是現在看起來，究竟是老年人的話對。你想，女人一陣一陣的在街上走，已經很不雅觀的了，她們卻還要剪頭髮。我最恨的就是那些剪了頭髮的女學生，我簡直說，軍人土匪倒還情有可原，攪亂天下的就是她們，應該很嚴的辦一辦……。」

「對咧，男人都像了和尚還不夠，女人又來學尼姑了。」

「學程！」

「學程！」

學程正捧著一本小而且厚的金邊書快步進來，便呈給四

銘，指著一處說：

「這倒有點像。這個⋯⋯。」

四銘接來看時，知道是字典，但文字非常小，又是橫行的。他眉頭一皺，擎向視窗，細著眼睛，就學程所指的一行念過去：「『第十八世紀創立之共濟講社之稱』。——唔，不對。——這聲音是怎麼念的？」他指著前面的「鬼子」字，問。

「惡特拂羅斯（Oddfellows）。」

「不對，不對，不是這個。」四銘又忽而憤怒起來了。「我對你說：那是一句壞話，罵人的話，罵我這樣的人的。懂了麼？查去！」

學程看了他幾眼，沒有動。

「這是什麼悶胡盧，沒頭沒腦的？你也先得說說清，教他好用心的查去。」她看見學程為難，覺得可憐，便排解而且不滿似的說。

「就是我在大街上廣潤祥買肥皂的時候，」四銘呼出了一口氣，向她轉過臉去，說。「店裏又有三個學生在那裏買東西。我呢，從他們看起來，自然也怕太嚕蘇一點了罷。我一氣看了六七樣，都要四角多，沒有買；看一角一塊的，又太壞，沒有什麼香。我想，不如中通的好，便挑定了那綠的一塊，兩角四分。夥計本來是勢利鬼，眼睛生在額角上的，早就撅著狗嘴的了；可恨那學生這壞小子又都擠眉弄眼的說著鬼話笑。後來，我要打開來看一看才付錢：洋紙包著，怎麼斷得定貨色的好壞呢。誰知道那勢利鬼不但不依，還蠻不講理，說了許多可惡的廢話；壞小子們又附和著說笑。那一句是頂小的一個說的，而且眼睛看著我，他們就都笑起來了：可見一定是一句壞話。」他於是轉臉對著學程道，「你只要在『壞話類』裏去查去！」

學程在喉嚨底裏答應了一聲「是」，恭恭敬敬的退去了。

「他們還嚷什麼『新文化新文化』，『化』到這樣了，還不夠？」他兩眼釘著屋樑，儘自說下去。「學生也沒有道德，社會上也沒有道德，再不想點法子來挽救，中國這才真個要亡了。——你想，那多麼可歎？……」

「什麼？」她隨口的問，並不驚奇。

「孝女。」他轉眼對著她，鄭重的說。「就在大街上，有兩個討飯的。一個是姑娘，看去該有十八九歲了。——其實這樣的年紀，討飯是很不相宜的了，可是她還討飯。——和一個六七十歲的老的，白頭髮，眼睛是瞎的，坐在布店的簷下求乞。大家多說她是孝女，那老的是祖母。她只要討得一點什麼，便都獻給祖母吃，自己情願餓肚皮。可是這樣的孝女，有人肯佈施麼？」他射出眼光來釘住她，似乎要試驗她的識見。

她不答話，也只將眼光釘住他，似乎倒是專等他來說明。

「哼，沒有。」他終於自己回答說。「我看了好半天，只見一個人給了一文小錢；其餘的圍了一大圈，倒反去打趣。還有兩個光棍，竟肆無忌憚的說：『阿發，你不要看得這貨色髒。你只要去買兩塊肥皂來，咯支咯支遍身洗一洗，好得很�601！』哪，你想，這成什麼話？」

「哼，」她低下頭去了，久之，才又懶懶的問，「你給了錢麼？」

「我麼？——沒有。一兩個錢，是不好意思拿出去的。她不是平常的討飯，總得……。」

「嗡。」她不等說完話，便慢慢地站起來，走到廚下去。昏黃只顯得濃密，已經是晚飯時候了。

四銘也站起身，走出院子去。天色比屋子裏還明亮，學程就在牆角落上練習八卦拳：這是他的「庭訓」，利用畫夜之交的時間的經濟法，學程奉行了將近大半年了。他贊許似的微微點一點頭，便反背著兩手在空院子裏來回的踱方步。

不多久，那惟一的盆景萬年青的闊葉又已消失在昏暗中，破絮一般的白雲間閃出星點，黑夜就從此開頭，與周圍的壞學生以及惡社會宣戰。他意氣漸漸勇猛，腳步愈跨愈大，布鞋底聲也愈走愈響，嚇得早已睡在籠子裏的母雞和小雞也都唧唧足足的叫起來了。

堂前有了燈光，就是號召晚餐的烽火，闔家的人們便都齊集在中央的桌子周圍。燈在下橫；上首是四銘一人居中，也是學程一般肥胖的圓臉，但多兩撇細鬍子，在菜湯的熱氣裏，獨據一面，很像廟裏的財神。左橫是四太太帶著招兒；右橫是學程和秀兒一列。碗筷聲雨點似的響，雖然大家不言語，也就是很熱鬧的晚餐。

招兒帶翻了飯碗了，菜湯流得小半桌。四銘儘量的睜大了細眼睛瞪著看得她要哭，這才收回眼光，伸筷自去夾那早先看中了的一個菜心去。可是菜心已經不見了，他左右一

瞥，就發見學程剛剛夾著塞進他張得很大的嘴裏去，他於是只好無聊的吃了一筷黃菜葉。

「學程，」他看著他的臉說，「那一句查出了沒有？」

「那一句？」——那還沒有。」

「哼，你看，也沒有學問，也不懂道理，單知道吃！學學那個孝女罷，做了乞丐，還是一味孝順祖母，自己情願餓肚子。但是你們這些學生那裏知道這些，肆無忌憚，將來只好像那光棍……。」

「想倒想著了個，但不知可是。——我想，他們說的也許是『阿爾特膚爾』。」

「哦哦，是的！就是這個！他們說的就是這樣一個聲音：『惡毒夫咧。』這是什麼意思？你也就是他們這一黨：你知道的。」

「意思，——意思我不很明白。」

「胡說！瞞我。你們都是壞種！」

『天不打吃飯人』，你今天怎麼盡鬧脾氣，連吃飯時候也是打雞罵狗的。他們小孩子們知道什麼。」四太太忽而說。

「什麼？」四銘正想發話，但一回頭，看見她陷下的兩頰已經鼓起，而且很變了顏色，三角形的眼裏也發著可怕的光，便趕緊改口說，「我也沒有鬧什麼脾氣，我不過教學程應該懂事些。」

「他那裏懂得你心裏的事呢。」她可是更氣忿了，「如果能懂事，早就點了燈籠火把，尋了那孝女來了。好在你已經給她買好了一塊肥皂在這裏，只要再買一塊……」

「胡說！那話是那光棍說的。」

「不見得。只要再去買一塊，給她咯支咯支的遍身洗一洗，供起來，天下也就太平了。」

「什麼話？那有什麼相干？我因為記起了你沒有肥皂……」

「怎麼不相干？你是特誠買給孝女的，你咯支咯支的去洗去。我不配，我不要，我也不要沾孝女的光。」

「這真是什麼話？你們女人……」四銘支支吾吾著，臉上也像學程練了八卦拳之後似的流出油汗來，但大約大半也因為吃了太熱的飯。

「我們女人怎麼樣？我們女人，比你們男人好得多。你們男人不是罵十八九歲的女學生，就是稱讚十八九歲的女討飯：都不是什麼好心思。『咯支咯支』，簡直是不要臉！」

「我不是已經說過了？那是一個光棍……」

「四翁！」外面的暗中忽然起了極響的叫喊。

「道翁麼？找就來！」四銘知道那是高聲有名的何道統，便遇赦似的，也高興的大聲說。「學程，你快點燈照何老伯到書房去！」

學程點了燭，引著道統走進西邊的廂房裏，後面還跟著卜薇園。

「失迎失迎，對不起。」四銘還嚼著飯，出來拱一拱手，說。「就在舍間用便飯，何如？……」

「已經偏過了。」薇園迎上去，也拱一拱手，說。「我們連夜趕來，就為了那移風文社的第十八屆徵文題目，明天不是『逢七』麼？」

「哦！今天十六？」四銘恍然的說。

「你看，多麼糊塗！」道統大嚷道。

「那麼，就得連夜送到報館去，要他明天一準登出來。」

「文題我已經擬下了。你看怎樣，用得用不得？」道統說著，就從手巾包裹挖出一張紙條來交給他。四銘踱到燭臺面前，展開紙條，一字一字的讀下去：

「『恭擬全國人民合詞籲請貴大總統特頒明令專重聖經崇祀孟母以挽頹風而存國粹文』。——好極好極。可是字數太多了罷？」

「不要緊的！」道統大聲說。「我算過了，還無須乎多加廣告費。但是詩題呢？」

「詩題麼？」四銘忽而恭敬之狀可掬了。「我倒有一個在這裏：孝女行。那是實事，應該表彰表彰她。我今天在大街上……」

「哦哦，那不行。」薇園連忙搖手，打斷他的話。「那是我也看見的。她大概是『外路人』，我不懂她的話，她也不懂我的話，不知道她究竟是那裏人。大家倒都說她是孝女；然而我問她可能做詩，她搖搖頭。要是能做詩，那就好了。」

「然而忠孝是大節，不會做詩也可以將就……。」

「那倒不然，而孰知不然！」薇園攤開手掌，向四銘連搖帶推的奔過去，力爭說，「要會做詩，然後有趣。」

「我們，」四銘推開他，「就用這個題目，加上說明，登報去。一來可以表彰表彰她；二來可以借此針砭社會。現

在的社會還成個什麼樣子，我從旁考察了好半天，竟不見有什麼人給一個錢，這豈不是全無心肝……」

「阿呀，四翁！」薇園又奔過來，「你簡直是在『對著和尚罵賊禿』了。我就沒有給錢，我那時恰恰身邊沒有帶著。」

「不要多心，薇翁。」四銘又推開他，「你自然在外，又作別論。你聽我講下去：她們面前圍了一大群人，毫無敬意，只是打趣。還有兩個光棍，那是更其肆無忌憚了，有一個簡直說，『阿發，你去買兩塊肥皂來，咯支咯支遍身洗一洗，好得很哩。』你想，這……」

「哈哈哈！兩塊肥皂！」道統的響亮的笑聲突然發作了，震得人耳朵喤喤的叫，「你買，哈哈，哈哈！」

「道翁，道翁，你不要這麼嚷。」四銘吃了一驚，慌張的說。

「咯支咯支，哈哈！」

「道翁！」四銘沉下臉來了，「我們講正經事，你怎麼只胡鬧，鬧得人頭昏。你聽，我們就用這兩個題目，即刻送到報館去，要他明天一準登出來。這事只好偏勞你們兩位了。」

「可以可以，那白然。」薇園極口應承說。

「呵呵，洗一洗，咯支……唏唏……」

「道翁！！！」四銘憤憤的叫。

道統給這一喝，不笑了。他們擬好了說明，薇園謄在信箋上，就和道統跑往報館去。四銘拿著燭臺，送出門口，回到堂屋的外面，心裏就有些不安逸，但略一躊躕，也終於跨進門檻去了。他一進門，迎頭就看見中央的方桌中間放著那肥皂的葵綠色的小小的長方包，包中央的金印子在燈光下明晃晃的發閃，周圍還有細小的花紋。

秀兒和招兒都蹲在桌子下橫的地上玩；學程坐在右橫查字典。最後在離燈最遠的陰影裏的高背椅子上發見了四太

太，燈光照處，見她死板板的臉上並不顯出什麼喜怒，眼睛也並不看著什麼東西。

四銘微微的聽得秀兒在他背後說，回頭看時，什麼動作也沒有了，只有招兒還用了她兩隻小手的指頭在自己臉上抓。

「咯支咯支，不要臉不要臉……」

他覺得存身不住，便熄了燭，踱出院子去。他來回的踱，一不小心，母雞和小雞又唧唧足足的叫了起來，他立即放輕腳步，並且走遠些。經過許多時，堂屋裏的燈移到臥室裏去了。他看見一地月光，彷彿滿鋪了無縫的白紗，玉盤似的月亮現在白雲間，看不出一點缺。

他很有些悲傷，似乎也像孝女一樣，成了「無告之民」，孤苦零丁了。他這一夜睡得非常晚。

但到第二天的早晨，肥皂就被錄用了。這日他比平日起得遲，看見她已經伏在洗臉臺上擦脖子，肥皂的泡沫就如大

螃蟹嘴上的水泡一般，高高的堆在兩個耳朵後，比起先前用皂莢時候的只有一層極薄的白沫來，那高低真有天壤之別了。從此之後，四太太的身上便總帶著些似橄欖非橄欖的說不清的香味；幾乎小半年，這才忽而換了樣，凡有聞到的都說那可似乎是檀香。

一九二四年三月二二日

名家‧解讀

作品中的四銘，是一個封建復古派代表人物。在家中，他實行的是封建家長制，要妻子兒女糊紙錠，打八卦拳，學孝女，惟命是從；在社會上，他攻擊改革，反對學生的自由解放，說學生的新思想「攪亂了天下」，主張「應該很嚴的辦一辦」，他特別仇視「五四」新文化運動，攻擊「新文

化，新文化」，「化到了這樣了，還不夠？」……他們的救世藥方是什麼呢？不外是幾個臭味相投的封建餘孽組織「移風文社」，「籲請大總統」、「重聖經」「崇祀孟母」，以挽世風。但就是這幫「正人君子」，在見「孝女」，買肥皂的舉動中，恰恰洩露了他們一肚子男盜女娼的卑劣心理。因此，對《肥皂》的主題，我們可以這樣的認識：

小說通過四銘見孝女、買肥皂的事件，以及由肥皂而掀起的家庭風波，集中揭露了封建復古派政治上的極端反動，道德上的極端墮落，戳穿了他們關心世道人心、國家命運的畫皮，把封建復古派的反動本質和骯髒靈魂暴露在光天化日之下，使這夥丑類於「麒麟皮下露出馬腳」。

魯迅在《中國新文學大系·小說二集序》中說，《肥皂》「技巧稍為圓熟，刻畫也稍加深切。」綜觀《吶喊》、《彷徨》，《肥皂》確實是一篇藝術技巧圓熟的成功之作。

(1) 於平常的生活瑣事中見出深刻的諷刺藝術。

買肥皂，本來是一件極為普通的事，誰都不以為奇，但是，魯迅將四銘買肥皂的舉動，與見孝女動欲心並與兩個無賴的話聯繫起來，揭示了道學先生的假道學……魯迅就是這樣，總是在極為平常的事件中，讓它們在藝術的顯微鏡下，看到了被諷刺物件的不合理性、反動性，感受到舊勢力的可笑、可鄙、可惡。

諷刺藝術中，魯迅特別重視畫出人的靈魂。他認為，俄國作家陀思妥耶夫斯基將「靈魂顯示於人」，「是在高的藝術上的寫實主義者」。（《集外集・〈窮人〉小引》）在《肥皂》中魯迅通過四銘見孝女、聽到兩個無賴的話，萌動買肥皂的念頭，並真的買了肥皂，滿足其「咯支咯支」洗一遍的欲望，畫出了假道學的卑劣動機和骯髒靈魂。一塊肥皂，洗盡了道學家莊嚴、厚重的油彩，顯示本來面目。這就是畫靈魂的藝術。

(2)人物設計、故事情節安排精當、巧妙……

(3)「並寫兩面，使之相形」──「隱」與「顯」的藝術辯證法。……

(4)無一貶詞，而情偽畢露的白描手法。

——于朝貴《魯迅作品手冊》

長明燈

春陰的下午，吉光屯唯一的茶館子裏的空氣又有些緊張了，人們的耳朵裏，彷彿還留著一種微細沉實的聲息——

「熄掉他罷！」

但當然並不是全屯的人們都如此。這屯上的居民是不大出行的，動一動就須查黃曆，看那上面是否寫著「不宜出行」；倘沒有寫，出去也須先走喜神方，迎吉利。不拘禁忌地坐在茶館裏的不過幾個以豁達自居的青年人，但在蟄居人的意中卻以為個個都是敗家子。

現在也無非就是這茶館裏的空氣有些緊張。

「還是這樣麼？」三角臉的拿起茶碗，問。

「聽說，還是這樣，」方頭說，「還是盡說『熄掉他熄掉他』。」眼光也越加發閃了。我們屯上的一個大害，你不要看得微細。我們倒應該想個法子來除掉他！」

「除掉他，算什麼一回事。他不過是一個……。什麼東西！造廟的時候，他的祖宗就捐過錢，現在他卻要來吹熄長明燈。這不是不肖子孫？我們上縣去，送他忤逆！」闊亭捏了拳頭，在桌上一擊，慷慨地說。一隻斜蓋著的茶碗蓋子也噫的一聲，翻了身。

「不成。要送忤逆，須是他的父母，母舅……」方頭說。

「可惜他只有一個伯父……」闊亭立刻頹唐了。

「闊亭！」方頭突然叫道。「你昨天的牌風可好？」

闊亭睜著眼看了他一會，沒有便答；胖臉的莊七光已經放開喉嚨嚷起來了：「吹熄了燈，我們的吉光屯還成什麼吉

光屯，不就完了麼？老年人不都說麼……這燈還是梁武帝點起的，一直傳下來，沒有熄過；連長毛造反的時候也沒有熄過……。你看，嘖，那火光不是綠瑩瑩的麼？外路人經過這裏的都要看一看，都稱讚……。嘖，多麼好……。他現在這麼胡鬧，什麼意思？……」

「他不是發了瘋麼？你還沒有知道？」方頭帶些藐視的神氣說。

「哼，你聰明！」莊七光的臉上就走了油。

「我想……還不如用老法子騙他一騙，」灰五嬸，本店的主人兼工人，本來是旁聽著的，看見形勢有些離了她專注的本題了，便趕忙來岔開紛爭，拉到正經事上去。

「什麼老法子？」莊七光詫異地問。

「他不是先就發過一回瘋麼，和現在一模一樣。那時他的父親還在，騙了他一騙，就治好了。」

「怎麼騙？我怎麼不知道？」莊七光更其詫異地問。

「你怎麼會知道？那時你們都還是小把戲呢，單知道喝奶拉矢。便是我，那時也不這樣。你看我那時的一雙手呵，真是粉嫩粉嫩……」

「你現在也還是粉嫩粉嫩……」方頭說。

「放你媽的屁！」灰五嬸怒目地笑了起來，「莫胡說了。我們講正經話。他那時也還年青哩；他的老子也就有些瘋的。聽說：有一天他的祖父帶他進社廟去，教他拜社老爺，瘟將軍，王靈官老爺，他就害怕了，硬不拜，跑了出來，從此便有些怪。後來就像現在一樣，一見人總和他們商量吹熄正殿上的長明燈。他說熄了便再不會有蝗蟲和病痛，真是像一件天大的正事似的。他說那是邪祟附了體，怕見正路神道了。要是我們，會怕見社老爺麼？你們的茶不冷了麼？對一點熱水罷。好，他後來就自己闖進去，要去吹。他的老子又太疼愛他，不肯將他鎖起來。呵，後來不是全屯動了公憤，和他老子去吵鬧了麼？可是，沒有辦法，——幸虧

我家的死鬼那時還在，給想了一個法：將長明燈用厚棉被一圍，漆漆黑黑地，領他去看，說是已經吹熄了。」

「唉唉，這真虧他想得出。」三角臉吐一口氣，說，不勝感服之至似的。

「費什麼這樣的手腳，」闊亭憤憤地說，「這樣的東西，打死了就完了，嚇！」

「那怎麼行？」她吃驚地看著他，連忙搖手道，「那怎麼行！他的祖父不是捏過印靶子的麼？」

闊亭們立刻面面相覷，覺得除了「死鬼」的妙法以外，也委實無法可想了。

「後來就好了的！」她又用手背抹去一些嘴角上的白沫，更快地說，「後來全好了的！他從此也就不再走進廟門去，也不再提起什麼來，許多年。不知道怎麼這回看了賽會之後不多幾天，又瘋了起來了。哦，同先前一模一樣。午後他就走過這裏，一定又上廟裏去了。你們和四爺商量商量

去，還是再騙他一騙好。那燈不是梁五弟點起來的麼？不是
說，那燈一滅，這裏就要變海，我們就都要變泥鰍麼？你們
快去和四爺商量商量罷，要不……」

「我們還是先到廟前去看一看，」方頭說著，便軒昂地
出了門。闊亭和莊七光也跟著出去了。

三角臉走得最後，將到門口，回過頭來說道：「這回就
記了我的賬！入他……。」

灰五嬸答應著，走到東牆下拾起一塊木炭來，就在牆上
畫有一個小三角形和一串短短的細線的下面，劃添了兩條
線。

他們望見社廟的時候，果然一併看到了幾個人：一個正
是他，兩個是閑看的，三個是孩子。但廟門卻緊緊地關著。

「好！廟門還關著。」闊亭高興地說。

他們一走近，孩子們似乎也都膽壯，圍近去了。本來對

長明燈

了廟門立著的他，也轉過臉來對他們看。

他也還如平常一樣，黃的方臉和藍布破大衫，只在濃眉底下的大而且長的眼睛中，略帶些異樣的光閃，看人就許多工夫不眨眼，並且總含著悲憤疑懼的神情。短的頭髮上粘著兩片稻草葉，那該是孩子暗暗地從背後給他放上去的，因為他們向他頭上一看之後，就都縮了頸子，笑著將舌頭很快地一伸。

他們站定了，各人都互看著別個的臉。

「你幹什麼？」但三角臉終於走上一步，詰問了。

「我叫老黑開門，」他低聲，溫和地說。「就因為那一盞燈必須吹熄。你看，三頭六臂的藍臉，三隻眼睛，長帽，半個的頭，牛頭和豬牙齒，都應該吹熄……吹熄。吹熄，我們就不會有蝗蟲，不會有豬嘴瘟……。」

「唏唏，胡鬧！」闊亭輕蔑地笑了出來，「你吹熄了燈，蝗蟲會還要多，你就要生豬嘴瘟！」

「唏唏！」莊七光也陪著笑。

一個赤膊孩子擎起他玩弄著的葦子，對他瞄準著，將櫻桃似的小口一張，道：「吧！」

「你還是回去罷！倘不，你的伯伯會打斷你的骨頭！燈麼，我替你吹。你過幾天來看就知道。」闊亭大聲說。

他兩眼更發出閃閃的光來，釘一般看定闊亭的眼，使闊亭的眼光趕緊躲易了。

「你吹？」他嘲笑似的微笑，但接著就堅定地說，「不能！不要你們。我自己去熄，此刻去熄！」

闊亭便立刻頹唐得酒醒之後似的無力；方頭卻已站上去了，慢慢地說道：「你是一向懂事的，這一回可是太糊塗了。讓我來開導你罷，你也許能夠明白。就是吹熄了燈，那些東西不是還在麼？不要這麼傻頭傻腦了，還是回去！睡覺去！」

「我知道的，熄了也還在。」他忽又現出陰鷙的笑容，

但是立即收斂了，沉實地說道，「然而我只能姑且這麼辦。

我先來這麼辦，容易些。我就要吹熄他，自己熄！」他說著，一面就轉過身去竭力地推廟門。

「喂！」闊亭生氣了，「你不是這裏的人麼？你一定要我們大家變泥鰍麼？回去！你推不開的，你沒有法子開的！

吹不熄的！還是回去好！」

「我不回去！我要吹熄他！」

「不成！你沒法開！」

「你沒法開！」

「那麼，就用別的法子來。」他轉臉向他們一瞥，沉靜地說。

「………」

「………」

「哼，看你有什麼別的法。」

「………」

「看你有什麼別的法！」

「我放火。」

「什麼？」闊亭疑心自己沒有聽清楚。

「我放火！」

沉默像一聲清磬，搖曳著尾聲，周圍的活物都在其中凝結了。但不一會，就有幾個人交頭接耳，不一會，又都退了開去；兩三人又在略遠的地方站住了。廟後門的牆外就有莊七光的聲音喊道：

「老黑呀，不對了！你廟門要關得緊！老黑呀，你聽清了麼？關得緊！我們去想了法子就來！」

但他似乎並不留心別的事，只閃爍著狂熱的眼光，在地上，在空中，在人身上，迅速地搜查，彷彿想要尋火種。

方頭和闊亭在幾家的大門裏穿梭一般出入了一通之後，吉光屯全局頓然擾動了。許多人們的耳朵裏，心裏，都有了一個可怕的聲音：「放火！」但自然還有多少更深的蟄居人

的耳朵裏心裏是全沒有。然而全屯的空氣也就緊張起來，凡有感得這緊張的人們，都很不安，彷彿自己就要變成泥鰍，天下從此毀滅。他們自然也隱約知道毀滅的不過是吉光屯，但也覺得吉光屯似乎就是天下。

這事件的中樞，不久就湊在四爺的客廳上了。坐在首座上的是年高德韶的郭老娃，臉上已經皺得如風乾的香橙，還要用手捋著下頦上的白鬍鬚，似乎想將他們拔下。

「上半天，」他放鬆了鬍子，慢慢地說，「西頭，老富的中風，他的兒子，就說是：因為，社神不安，之故。這樣一來，將來，萬一有，什麼，雞犬不寧，的事，就難免要到，府上，都要來到府上，麻煩。」

「是麼，」四爺也捋著上唇的花白的鯰魚鬚，卻悠悠然，彷彿全不在意模樣，說，「這也是他父親的報應呵。他自己在世的時候，不就是不相信菩薩麼？我那時就和他不合，可是一點也奈何他不得。現在，叫我還有什麼法子？」

「我想，只有一個。是的，有一個。明天，捆上城去，給他在那個，那個城隍廟裏擱一夜，是的，擱一夜，趕一趕，邪祟。」

闊亭和方頭以守護全屯的勞績，不但第一次走進這一個不易瞻仰的客廳，並且還坐在老娃之下和四爺之上，而且還有茶喝。他們跟著老娃進來，報告之後，就只是喝茶，喝乾之後，也不開口，但此時闊亭忽然發表意見了：「這辦法太慢！他們兩個還管著呢。最要緊的是馬上怎麼辦。如果真是燒將起來……」

郭老娃嚇了一跳，下巴有些發抖。

「如果真是燒將起來……」方頭搶著說。

「那麼，」闊亭大聲道，「就糟了！」

一個黃頭髮的女孩子又來沖上茶。闊亭便不再說話，立即拿起茶來喝。渾身一抖，放下了，伸出舌尖來舐了一舐上嘴唇，揭去碗蓋噓噓地吹著。

「真是拖累煞人！」四爺將手在桌上輕輕一拍，「這種子孫，真該死呵！唉！」

「的確，該死的。」闊亭抬起頭來了，「去年，連各莊就打死一個：這種子孫。大家一齊動手，分不出打第一下的是誰，後來什麼事也沒有。」

「那又是一回事。」方頭說，「這回，他們管著呢。我們得趕緊想法子『我想……』」

老娃和四爺都蕭然地看著他的臉。「我想：倒不如姑且將他關起來。」

「那倒也是一個妥當的辦法。」四爺微微地點一點頭。

「妥當！」闊亭說。

「那倒，確是，一個妥當的，辦法。」老娃說，「我們，現在，就將他，拖到府上來。府上，就趕快，收拾出，一間屋子來。還，準備著，鎖。」

「屋子？」四爺仰了臉，想了一會，說，「舍間可是沒有這樣的閑房。他也說不定什麼時候才會好……」

「就用，他，自己的……」老娃說。

「我家的六順，」四爺忽然嚴肅而且悲哀地說，聲音也有些發抖了。「秋天就要娶親……。你看，他年紀這麼大了，單知道發瘋，不肯成家立業。舍弟也做了一世人，雖然也不大安分，可是香火總歸是絕不得的……。」

「那自然！」三個人異口同音地說。

「六順生了兒子，我想第二個就可以過繼給他。但是，——別人的兒子，可以白要的麼？」

「那不能！」三個人異口同音地說。

「這一間破屋，和我是不相干；六順也不在乎此。可是，將親生的孩子白白給人，做母親的怕不能就這麼松爽罷？」

「那自然！」三個人異口同音地說。

四爺沉默了。三個人交互看著別人的臉。

「我是天天盼望他好起來，」四爺在暫時靜穆之後，這才緩緩地說，「可是他總不好。也不是不好，是他自己不要好。無法可想，就照這一位所說似的關起來，免得害人，出他父親的醜，也許倒反好，倒是對得起他的父親……。」

「那自然，」闊亭感動的說，「可是，房子……」

「廟裏就沒有閒房？……」四爺慢騰騰地問道。

「有！」闊亭恍然道，「有！進大門的西邊那一間就空著，又只有一個小方窗，粗木直柵的，決計挖不開。好極了！」

老娃和方頭也頓然都顯了歡喜的神色；闊亭吐一口氣，尖著嘴唇就喝茶。

未到黃昏時分，天下已經泰平，或者竟是全都忘卻了，人們的臉上不特已不緊張，並且早褪盡了先前的喜悅的痕

跡。在廟前，人們的足跡自然比平日多，但不久也就稀少了。只因為關了幾天門，孩子們不能進去玩，便覺得這一天在院子裏格外玩得有趣，吃過了晚飯，還有幾個跑到廟裏去遊戲，猜謎。

「你猜。」一個最大的說，「我再說一遍：白篷船，紅划楫，搖到對岸歇一歇，點心吃一些，戲文唱一齣。」

「那是什麼呢？『紅划楫』的。」一個女孩說。

「我說出來罷，那是……」

「慢一慢！」生癩頭瘡的說，「我猜著了：航船。」

「航船。」赤膊的也道。

「哈，航船？」最大的道，「航船是搖櫓的。他會唱戲文麼？你們猜不著。我說出來罷……」

「慢一慢，」癩頭瘡還說。

「哼，你猜不著。我說出來罷，那是……鵝。」

「鵝！」女孩笑著說，「紅划楫的。」

「怎麼又是白篷船呢？」赤膊的問。

「我放火！」

孩子們都吃驚，立時記起他來，一齊注視西廂房，又看見一隻手扳著木柵，一隻手撕著木皮，其間有兩隻眼睛閃閃地發亮。

沉默只一瞬間，癩頭瘡忽而發一聲喊，拔步就跑；其餘的也都笑著嚷著跑出去了。赤膊的還將葦子向後一指，從喘吁吁的櫻桃似的小嘴唇裏吐出清脆的一聲道：「吧！」

從此完全靜寂了，暮色下來，綠瑩瑩的長明燈更其分明地照出神殿，神龕，而且照到院子，照到木柵裏的昏暗。

孩子們跑出廟外也就立定，牽著手，慢慢地向自己的家走去，都笑吟吟地，合唱著隨口編派的歌：……

「白篷船，對岸歇一歇。
此刻熄，自己熄。
戲文唱一齣。
我放火！哈哈哈！
火火火，點心吃一些。
戲文唱一齣。
‥‥‥‥‥
‥‥‥‥‥
‥‥‥‥‥
」

一九二五年三月一日

名家‧解讀

《長明燈》的主角和陳士成（《白光》的主角）不一

樣，他是在另一種情況下發瘋的，而且當我們開始知道他的時候，他已經瘋了。作家並不是第一次用類似的題材，在和果戈理小說同名的短篇《狂人日記》裏，就曾以瘋子的近於錯亂的筆墨，巧妙地表達了徹底的反封建的主題。現在我們又從《長明燈》裏聽到了「熄滅它吧」的呼聲。在舊社會裏，地主階級為了炫耀自己的力量，用各種方法美化他們的統治，造起了據說是不倒之塔，點上了據說是不滅之燈。這一種塔和燈，長期以來已經成為封建傳統勢力的象徵，成為他們那一階級頂禮膜拜的圖騰，不容許任何抵觸和干犯。魯迅歡呼過塔的倒掉，又期待著燈的熄滅。他再一次選中瘋子作為向傳統宣戰的主角，這是因為在保守者的眼裏，一切革新者都是瘋子──稱號本身含有叛逆的意義。舉一個例，辛亥革命之後，臨總統府之門，大罵袁世凱含藏禍心的籌安會諸章太炎，不就是因為裘潰了後來主張君主立憲的籌安會諸「君子」的圖騰，而被直呼為章瘋子的嗎？

不過作為現實小說裏的人物，《長明燈》的主角也和《狂人日記》的主角一樣，作家沒有也不可能違背他的形象的真實。我們的主角是一個實實在在的瘋子，不是什麼革新者的化身；他要熄滅長明燈是認為從此「不會有蝗蟲，不會有豬嘴瘟」，主觀上並無反對封建傳統勢力的意圖；放火是要達到熄滅的目的，不是把舊中國投入烈焰；他有瘋子的固執，不等於戰士的倔強。兩者是不容許混淆的。自然，從另一個角度上說，小說的描寫前者，卻又確不可否認地是為了暗示後者。一切積極的意義可能通過作家構思和讀者的共感從客觀形象上去領會，藝術在這裏顯示了特殊的力量……吉光屯環境對於小說主角來說是非常典型的，有了這樣的環境，才會出現被這樣的環境逼成的瘋子。

——唐弢《〈白光〉和〈長明燈〉——為英文版〈中國文學〉作》

示眾

首善之區的西城的一條馬路上，這時候什麼擾攘也沒有。火焰焰的太陽雖然還未直照，但路上的沙土彷彿已是閃爍地生光；酷熱滿和在空氣裏面，到處發揮著盛夏的威力。許多狗都拖出舌頭來，連樹上的烏老鴉也張著嘴喘氣，——但是，自然也有例外的。遠處隱隱有兩個銅盞相擊的聲音，使人憶起酸梅湯，依稀感到涼意，可是那懶懶的單調的金屬音的間作，卻使那寂靜更其深遠了。

只有腳步聲，車夫默默地前奔，似乎想趕緊逃出頭上的烈日。「熱的包子咧！剛出屜的……。」

十一二歲的胖孩子，細著眼睛，歪了嘴在路旁的店門前叫喊。

聲音已經嘶嗄了，還帶些睡意，如給夏天的長日催眠。

他旁邊的破舊桌子上，就有二三十個饅頭包子，毫無熱氣，冷冷地坐著。

「荷阿！饅頭包子咧，熱的……。」

像用力擲在牆上而反撥過來的皮球一般，他忽然飛在馬路的那邊了。在電杆旁，和他對面，正向著馬路，其時也站定了兩個人：一個是淡黃制服的掛刀的面黃肌瘦的巡警，手裏牽著繩頭，繩的那頭就拴在別一個穿藍布大衫上罩白背心的男人的臂膊上。這男人戴一頂新草帽，帽檐四面下垂，遮住了眼睛的一帶。但胖孩子身體矮，仰起臉來看時，卻正撞見這人的眼睛了。那眼睛也似乎正在看他的腦殼。他連忙順下眼，去看白背心，只見背心上一行一行地寫著些大大小小的什麼字。

剎時間，也就圍滿了大半圈的看客。待到增加了禿頭的老頭子之後，空缺已經不多，而立刻又被一個赤膊的紅鼻子胖大漢補滿了。這胖子過於橫闊，占了兩人的地位，所以續到的便只能屈在第二層，從前面的兩個脖子之間伸進腦袋去。

禿頭站在白背心的略略正對面，彎了腰，去研究背心上的文字，終於讀起來：「嗡，都，哼，八，而，……」

胖孩子卻看見那白背心正研究著這發亮的禿頭，他也便跟著去研究，就只見滿頭光油油的，耳朵左近還有一片灰白色的頭髮，此外也不見得有怎樣新奇。但是後面的一個孩子的老媽子卻想乘機擠進來了；禿頭怕失了位置，連忙站直，文字雖然還未讀完，然而無可奈何，只得另看白背心的臉：草帽檐下半個鼻子，一張嘴，尖下巴。

又像用了力擲在牆上而反撥過來的皮球一般，一個小學生飛奔上來，一手按住了自己頭上的雪白的小布帽，向人叢

中直鑽進去。但他鑽到第三——也許是第四——層，竟遇見一件不可動搖的偉大的東西了，抬頭看時，藍褲腰上面有一座赤條條的很闊的背脊，背脊上還有汗正在流下來。他知道無可措手，只得順著褲腰右行，幸而在盡頭髮見了一條空處，透著光明。他剛剛低頭要鑽的時候，只聽得一聲「什麼」，那褲腰以下的屁股向右一歪，空處立刻閉塞，光明也同時不見了。

但不多久，小學生卻從巡警的刀旁邊鑽出來了。他詫異地四顧：外面圍著一圈人，上首是穿白背心的，那對面是一個赤膊的胖小孩，胖小孩後面是一個赤膊的紅鼻子胖大漢。

他這時隱約悟出先前的偉大的障礙物的本體了，便驚奇而且佩服似的只望著紅鼻子。胖小孩本是注視著小學生的臉的，於是也不禁依了他的眼光，回轉頭去了，在那裏是一個很胖的奶子，乳頭四近有幾枝很長的毫毛。

「他，犯了什麼事啦？……」

大家都愕然看時，是一個工人似的粗人，正在低聲下氣地請教那禿頭老頭子。

禿頭不作聲，單是睜起了眼睛看定他。他被看得順下眼光去，過一會再看時，禿頭還是睜起了眼睛看定他，而且別的人也似乎都睜了眼睛看定他。他於是彷彿自己就犯了罪似的局促起來，終至於慢慢退後，溜出去了。一個挾洋傘的長子就來補了缺；禿頭也旋轉臉去再看白背心。

長子彎了腰，要從垂下的草帽檐下去賞識白背心的臉，但不知道為什麼忽又站直了。於是他背後的人們又須竭力伸長了脖子；有一個瘦子竟至於連嘴都張得很大，像一條死鱸魚。

巡警，突然間，將腳一提，大家又愕然，趕緊都看他的腳；然而他又放穩了，於是又看白背心。長子忽又彎了腰，還要從垂下的草帽檐下去窺測，但即刻也就立直，擎起一隻手來拚命搔頭皮。

禿頭不高興了，因為他先覺得背後有些不太平，接著耳朵邊就有唧咕唧咕的聲響。他雙眉一鎖，回頭看時，緊挨他右邊，有一隻黑手拿著半個大饅頭正在塞進一個貓臉的人的嘴裏去。他也就不說什麼，自去看白背心的新草帽了。

忽然，就有暴雷似的一擊，連橫闊的胖大漢也不免向前一蹌踉。同時，從他肩膊上伸出一隻胖得不相上下的臂膊來，展開五指，拍的一聲正打在胖孩子的臉頰上。

「好快活！你媽的……」同時，胖大漢後面就有一個彌勒佛似的更圓的胖臉這麼說。

胖孩子也蹌踉了四五步，但是沒有倒，一手按著臉頰，旋轉身，就想從胖大漢的腿旁的空隙間鑽出去。胖大漢趕忙站穩，並且將屁股一歪，塞住了空隙，恨恨地問道：

「什麼？」

胖孩子就像小鼠子落在捕機裏似的，倉皇了一會，忽然向小學生那一面奔去，推開他，衝出去了。小學生也返身跟

出去了。

「嚇，這孩子……。」總有五六個人都這樣說。

待到重歸平靜，胖大漢再看白背心的臉的時候，卻見白背心正在仰面看他的胸脯；他慌忙低頭也看自己的胸脯時，只見兩乳之間的窪下的坑裏有一片汗，他於是用手掌拂去了這些汗。

然而形勢似乎總不甚太平了。抱著小孩的老媽子因為在騷擾時四顧，沒有留意，頭上梳著的喜鵲尾巴似的「蘇州俏」便碰了站在旁邊的車夫的鼻樑。車夫一推，卻正推在孩子上；孩子就扭轉身去，向著圈外，嚷著要回去了。老媽子先也略略一蹌踉，但便即站定，旋轉孩子來使他正對白背心，一手指點著，說道：

「阿，阿，看呀！多麼好看哪！……」

空隙間忽而探進一個戴硬草帽的學生模樣的頭來，將一粒瓜子之類似的東西放在嘴裏，下顎向上一磕，咬開，退出

去了。這地方就補上了一個滿頭油汗而粘著灰土的橢圓臉。

挾洋傘的長子也已經生氣，斜下了一邊的肩膊，皺眉疾視著肩後的死鱸魚。大約從這麼大的大嘴裏呼出來的熱氣，原也不易招架的，而況又在盛夏。禿頭正仰視那電杆上釘著的紅牌上的四個白字，彷彿很覺得有趣。胖大漢和巡警都斜了眼研究著老媽子的鉤刀般的鞋尖。

「好！」

什麼地方忽有幾個人同聲喝采。都知道該有什麼事情起來了，一切頭便全數回轉去。連巡警和他牽著的犯人也都有些搖動了。

「剛出屜的包子咧！荷阿，熱的……。」

路對面是胖孩子歪著頭，磕睡似的長呼；路上是車夫們默默地前奔，似乎想趕緊逃出頭上的烈日。大家都幾乎失望了，幸而放出眼光去四處搜索，終於在相距十多家的路上，發見了一輛洋車停放著，一個車夫正在爬起來。

圓陣立刻散開，都錯錯落落地走過去。胖大漢走不到一半，就歇在路邊的槐樹下；長子比禿頭和橢圓臉走得快，接近了。車上的坐客依然坐著，車夫已經完全爬起，但還在摩自己的膝髁。周圍有五六個人笑嘻嘻地看他們。

「成麼？」車夫要來拉車時，坐客便問。

他只點點頭，拉了車就走；大家就惘惘然目送他。起先還知道那一輛是曾經跌倒的車，後來被別的車一混，知不清了。

馬路上就很清閒，有幾隻狗伸出了舌頭喘氣；胖大漢就在槐陰下看那很快地一起一落的狗肚皮。

老媽子抱了孩子從屋簷陰下躄過去了。胖孩子歪著頭，擠細了眼睛，拖長聲音，磕睡地叫喊——

「熱的包子咧！荷阿！……剛出屜的……。」

一九二五年三月一八日

名家·解讀

《示眾》對故事情節的忽略，對人物個性化性格刻畫的放布，甚至取消姓名而將小說中的人物「符號化」，這都是有意為之的。引起魯迅創作衝動的是人日常生活中的某些場景與細節以及他對這些具體的場景、細節背後所隱藏著的人的存在、人性的存在、人與人關係的深度追問與抽象思考。

這就是說，魯迅是有自己的把握世界的方式和思維（包括藝術思維）方式的：他對人的生存形態（特別是生活細節）有極強的興趣和高度敏感——這是一個文學家的素質；但同時他又具有極強的思考興趣與思想穿透力，他總能達到從現實向思想、從現象到精神、從具象向抽象的提升與飛躍——這正是一個思想家的素質；而他又始終保持著極強的形象記憶的能力，因而總能把具象與抽象有機地結合起來，在他的創作中，每一個具象的形象（人物、場景、細節等

等）都隱含著他對人的生命存在，特別是現代中國人的生存困境的獨特發現與理性認識。

這樣，魯迅有的小說就具有了某種隱喻性，塗上了鮮明的象徵色彩。而《示眾》正是以強烈的象徵性而成為魯迅小說的代表作之一。

看戲（看別人）和演戲（被別人看）就成了中國人的基本生存方式，也構成了人與人之間的基本關係。——所謂「示眾」所隱喻的正是這樣一種生存狀態：每天每刻，都處在被「眾目睽睽」地「看」的境遇中，而自己也在時時「窺視」他人。

《示眾》還提示了人與人關係中的另一方面：總是在互相「堵」、「擋」、「塞」著，擠壓著他人的生存空間；於是就引起無休止的鬥爭：「打」著，「衝」著，「撞」著，等等。

我曾經說過，魯迅有兩篇小說是代表二十世紀中國短篇

小說藝術最高水準的，其一就是《示眾》。

——錢理群《「遊戲國」裏的看客》

高老夫子

這一天，從早晨到午後，他的工夫全費在照鏡，看《中國歷史教科書》和查《袁了凡綱鑒》裏；真所謂「人生識字憂患始」，頓覺得對於世事很有些不平之意了。而且這不平之意，是他從來沒有經驗過的。

首先就想到往常的父母實在太不將兒女放在心裏。他還在孩子的時候，最喜歡爬上桑樹去偷桑椹吃，但他們全不管，有一回竟跌下樹來磕破了頭，又不給好好地醫治，至今左邊的眉棱上還帶著一個永不消滅的尖劈形的瘢痕。他現在雖然格外留長頭髮，左右分開，又斜梳下來，可以勉強遮住

了，但究竟還看見尖劈的尖，萬一給女學生發見，大概是免不了要看不起的。他放下鏡子，怨憤地吁一口氣。

其次，是《中國歷史教科書》的編纂者竟太不為教員設想。他的書雖然和《了凡綱鑒》也有些相合，但大段又很不相同，若即若離，令人不知道講起來應該怎樣拉在一處。但待到他瞥著那夾在教科書裏的一張紙條，卻又怨起中途辭職的歷史教員來了，因為那紙條上寫的是：「從第八章《東晉之興亡》起。」

如果那人不將三國的事情講完，他的預備就決不至於這麼困苦。他最熟悉的就是三國，例如桃園三結義，孔明借箭，三氣周瑜，黃忠定軍山斬夏侯淵以及其他種種，滿肚子都是，一學期也許講不完。到唐朝，則有秦瓊賣馬之類，便又較為擅長了，誰料偏偏是東晉。他又怨憤地籲一口氣，再拉過《了凡綱鑒》來。

了？」

一隻手同時從他背後彎過來，一撥他的下巴。但他並不動，因為從聲音和舉動上，便知道是暗暗躡進來的打牌的老朋友黃三。他雖然是他的老朋友，一禮拜以前還一同打牌，看戲，喝酒，跟女人，但自從他在《大中日報》上發表了《論中華國民皆有整理國史之義務》這一篇膾炙人口的名文，接著又得了賢良女學校的聘書之後，就覺得這黃三一無所長，總有些下等相了。所以他並不回頭，板著臉正正經經地回答道：

「不要胡說！我正在預備功課……。」

「你不是親口對老缽說的麼：你要謀一個教員做，去看看女學生？」

「你不要相信老缽的狗屁！」

黃三就在他桌旁坐下，向桌面上一瞥，立刻在一面鏡子

和一堆亂書之間，發見了一個翻開著的大紅紙的帖子。他一把抓來，瞪著眼睛一字一字地看下去：

> 今敦請
>
> 爾礎高老夫子爲本校歷史教員每週授課
> 四小時每小時敬送修金大洋三角正
> 按時間計算此約
> 賢良女學校校長何萬淑貞斂衽謹訂
> 中華民國十三年夏曆菊月吉旦　　立

「『爾礎高老夫子』？誰呢？你麼？你改了名字了麼？」黃三一看完，就性急地問。

但高老夫子只是高傲地一笑；他的確改了名字了。然而黃三只會打牌，到現在還沒有留心新學問，新藝術。他既不

知道有一個俄國大文豪高爾基，又怎麼說得通這改名的深遠的意義呢？所以他只是高傲地一笑，並不答覆他。

「喂喂，老杆，你不要鬧這些無聊的玩意兒了！」黃三放下聘書，說。「我們這裏有了一個男學堂，風氣已經鬧得夠壞了；他們還要開什麼女學堂，將來真不知道要鬧成什麼樣子才罷。你何苦也去鬧，犯不上……。」

「這也不見得。況且何太太一定要請我，辭不掉……。」

「好！這且不談。」黃三是乖覺的，即刻轉帆，說，「我們說正經事罷：今天晚上我們有一個局面。毛家屯毛資甫的大兒子在這裏了，來請陽宅先生看墳地去的，手頭現帶著二百番。我們已經約定，晚上湊一桌，一個我，一個老缽，一個就是你。你一定來罷，萬不要誤事。我們三個人掃光他！」

因為黃三譭謗了學校，又看手錶上已經兩點半，離上課時間只有半點了，所以他有些氣忿，又很露出焦躁的神情。

老杆——高老夫子——沉吟了，但是不開口。

「你一定來，一定！我還得和老缽去接洽一回。地方還是在我的家裏。那傻小子是『初出茅廬』，我們準可以掃光他！你將那一副竹紋清楚一點的交給我罷！」

高老夫子慢慢地站起來，到床頭取了馬將牌盒，交給他；一看手錶，兩點四十分了。他想：黃三雖然能幹，但明知道我已經做了教員，還來當面毀謗學堂，又打攪別人的預備功課，究竟不應該。他於是冷淡地說道：

「晚上再商量罷。我要上課去了。」

他一面說，一面恨恨地向《了凡綱鑑》看了一眼，拿起教科書，裝在新皮包裏，又很小心地戴上新帽子，便和黃三出了門。他一出門，就放開腳步，像木匠牽著的鑽子似的，肩膀一扇一扇地直走，不多久，黃三便連他的影子也望不見了。

高老夫子一跑到賢良女學校，即將新印的名片交給一個

駝背的老門房。不一忽，就聽到一聲「請」，他於是跟著駝
背走，轉過兩個彎，已到教員預備室了，也算是客廳。何校
長不在校；迎接他的是花白鬍子的教務長，大名鼎鼎的萬瑤
圃，別號「玉皇香案吏」的，新近正將他自己和女仙贈答的
詩《仙壇酬唱集》陸續登在《大中日報》上。

「阿呀！礎翁！久仰久仰！……」萬瑤圃連連拱手，並
將膝關節和腿關節接連彎了五六彎，彷彿想要蹲下去似的。

「阿呀！瑤翁！久仰久仰！……」礎翁夾著皮包照樣地做，
並且說。

他們於是坐下；一個似死非死的校役便端上兩杯白開水
來。高老夫子看看對面的掛鐘，還只兩點四十分，和他的手
錶要差半點。

「阿呀！礎翁的大作，是的，那個……。是的，那——
『中國國粹義務論』，真真要言不煩，百讀不厭！實在是少
年人們的座右銘，座右銘座右銘！兄弟也頗喜歡文學，可

是，玩玩而已，怎麼比得上礎翁。」他重行拱一拱手，低聲說，「我們的盛德乩壇天天請仙，兄弟也常常去唱和。礎翁也可以光降光降罷。那乩仙，就是蕊珠仙子，從她的語氣上看來，似乎是一位謫降紅塵的花神。她最愛和名人唱和，也很贊成新黨，像礎翁這樣的學者，她一定大加青眼的。哈哈哈哈！」

但高老夫子卻不很能發表什麼崇論宏議，因為他的預備——東晉之興亡——本沒有十分足，此刻又並不足的幾分也有些忘卻了。他煩躁愁苦著；從繁亂的心緒中，又湧出許多斷片的思想來：上堂的姿勢應該威嚴；額角的瘢痕總該遮住；教科書要讀得慢；看學生要大方。但同時還模模糊糊聽得瑤圃說著話：

「……賜了一個荸薺……。『醉倚青鸞上碧霄』，多麼超脫……那鄧孝翁叩求了五回，這才賜了一首五絕……『紅袖拂天河，莫道……』」蕊珠仙子說……礎翁還是第一回……

這就是本校的植物園！」

「哦哦！」爾礎忽然看見他舉手一指，這才從亂頭思想中驚覺，依著指頭看去，窗外一小片空地，地上有四五株樹，正對面是三間小平房。

「這就是講堂。」瑤圃並不移動他的手指，但是說。

「哦哦！」

「學生是很馴良的。她們除聽講之外，就專心縫紉……。」

「哦哦！」爾礎實在頗有些窘急了，他希望他不再說話，好給自己聚精會神，趕緊想一想東晉之興亡。

「可惜內中也有幾個想學學做詩，那可是不行的。維新固然可以，但做詩究竟不是大家閨秀所宜。蕊珠仙子也不很贊成女學，以為淆亂兩儀，非天曹所喜。兄弟還很同她討論過幾回……。」

爾礎忽然跳了起來，他聽到鈴聲了。

「不，不。請坐！那是退班鈴。」

「瑤翁公事很忙罷，可以不必客氣……。」

「不，不！不忙，不忙！兄弟以為振興女學是順應世界的潮流，但一不得當，即易流於偏，所以天曹不喜，也許不過是防微杜漸的意思。只要辦理得人，不偏不倚，合乎中庸，一以國粹為歸宿，那是決無流弊的。礎翁，你想，可對？這是蕊珠仙子也以為『不無可採』的話。哈哈哈哈！」

校役又送上兩杯白開水；但是鈴聲又響了。瑤圃便請礎喝了兩口白開水，這才慢慢地站起來，引導他穿過植物園，走進講堂去。

他心頭跳著，筆挺地站在講臺旁邊，只看見半屋子都是蓬蓬鬆鬆的頭髮。瑤圃從大襟袋裏掏出一張信箋，展開之後，一面看，一面對學生們說道：

「這位就是高老師，高爾礎高老師，是有名的學者，那一篇有名的《論中華國民皆有整理國史之義務》，是誰都知

道的。《大巾日報》上還說過，高老師是：驟慕俄國文豪高君爾基之為人，囚改字爾礎，以示景仰之意，斯人之出，誠吾中華文壇之幸也！現在經何校長再三敦請，竟惠然肯來，到這裏來教歷史了⋯⋯」

高老師忽而覺得很寂然，原來瑤翁已經不見，只有自己站在講臺旁邊了。他只得跨上講臺去，行了禮，定一定神，又記起了態度應該威嚴的成算，便慢慢地翻開書本，來開講「東晉之興亡」。

「嘻嘻！」似乎有誰在那裏竊笑了。

高老夫子臉上登時一熱，忙看書本，和他的話並不錯，上面印著的的確是：「東晉之偏安」。書腦的對面，也還是半屋子蓬蓬鬆鬆的頭髮，不見有別的動靜。他猜想這是自己的疑心，其實誰也沒有笑，；於是又定一定神，看住書本，慢慢地講下去。當初，是自己的耳朵也聽到自己的嘴說些什麼的，可是逐漸糊塗起來，竟至於不再知道說什麼，待到發揮

「石勒之雄圖」的時候，便只聽得吃吃地竊笑的聲音了。

他不禁向講臺下一看，情形和原先已經很不同：半屋子都是眼睛，還有許多小巧的等邊三角形，三角形中都生著兩個鼻孔，這些連成一氣，宛然是流動而深邃的海，閃爍地汪洋地正衝著他的眼光。但當他瞥見時，卻又驟然一閃，變了半屋子蓬蓬鬆鬆的頭髮了。

他也連忙收回眼光，再不敢離開教科書，不得已時，就抬起眼來看看屋頂。屋頂是白而轉黃的洋灰，中央還起了一道正圓形的棱線；可是這圓圈又生動了，忽然擴大，忽然收小，使他的眼睛有些昏花。他預料倘將眼光下移，就不免又要遇見可怕的眼睛和鼻孔聯合的海，只好再回到書本上，這時已經是「淝水之戰」，符堅快要駭得「草木皆兵」了。

他總疑心有許多人暗暗地發笑，但還是熬著講，明明已經講了大半天，而鈴聲還沒有響，看手錶是不行的，怕學生要小覷；可是講了一會，又到「拓跋氏之勃興」了，接著就

是「六國興亡表」，他本以為今天未必講到，沒有預備的。

他自己覺得講義忽而中止了。

「今天是第一天，就是這樣罷……。」他惶惑了一會之後，才斷續地說，一面點一點頭，跨下講臺去，也便出了教室的門。

「嘻嘻嘻！」他似乎聽到背後有許多人笑，又彷彿看見這笑聲就從那深邃的鼻孔的海裏出來。他便惘惘然，跨進植物園，向著對面的教員預備室大踏步走。

他大吃一驚，至於連《中國歷史教科書》也失手落在地上了，因為腦殼上突然遭了什麼東西的一擊。他倒退兩步，定睛看時，一枝夬斜的樹枝橫在他面前，已被他的頭撞得樹葉都微微發抖。他趕緊彎腰去拾書本，書旁邊豎著一塊木牌，上面寫道：

```
　　桑

桑科
```

他似乎聽到背後有許多人笑，又彷彿看見這笑聲就從那深邃的鼻孔的海裏出來。於是也就不好意思去撫摩頭上已經疼痛起來的皮膚，只一心跑進教員預備室裏去。

那裏面，兩個裝著白開水的杯子依然，卻不見了似死非死的校役，瑤翁也蹤影全無了。一切都黯淡，只有他的新皮包和新帽子在黯淡中發亮。看壁上的掛鐘，還只有三點四十分。

高老夫子回到自家的房裏許久之後，有時全身還驟然一熱；又無端的憤怒；終於覺得學堂確也要鬧壞風氣，不如閉的好，尤其是女學堂，——有什麼意思呢，喜歡虛榮罷了！

他還聽到隱隱約約的笑聲。這使他更加憤怒，也使他辭職的決心更加堅固了。晚上就寫信給何校長，只要說自己患了足疾。但是，倘來挽留，又怎麼辦呢？——也不去。女學

「嘻嘻！」

堂真不知道要鬧到什麼樣子，自己又何苦去和她們為伍呢？犯不上的。他想。

他於是決絕地將《了凡綱鑑》搬開；鏡子推在一旁；聘書也合上了。正要坐下，又覺得那聘書實在紅得可恨，便抓過來和《中國歷史教科書》一同塞入抽屜裏。

一切大概已經打疊停當，桌上只剩下一面鏡子，眼界清淨得多了。然而還不舒適，彷彿欠缺了半個魂靈，但他當即省悟，戴上紅結子的秋帽，徑向黃三的家裏去了。

「來了，爾礎高老夫子！」老缽大聲說。

「狗屁！」他眉頭一皺，在老缽的頭頂上打了一下，說。

「教過了罷？怎麼樣，可有幾個出色的？」黃三熱心地問。

「我沒有再教下去的意思。女學堂真不知道要鬧成什麼樣子。我輩正經人，確乎犯不上攙在一起⋯⋯。」

毛家的大兒子進來了，胖到像一個湯圓。

「阿呀！久仰久仰！……」滿屋子的手都拱起來，膝關節和腿關節接二連三地屈折，彷彿就要蹲了下去似的。

「這一位就是先前說過的高幹亭兄。」老鈸指著高老夫子，向毛家的大兒子說。

「哦哦！久仰久仰！……」毛家的大兒子便特別向他連連拱手，並且點頭。

這屋子的左邊早放好一頂斜擺的方桌，黃三一面招呼客人，一面和一個小鴉頭佈置著座位和籌馬。不多久，每一個桌角上都點起一枝細瘦的洋燭來，他們四人便入座了。萬籟無聲。只有打出來的骨牌拍在紫檀桌面上的聲音，在初夜的寂靜中清澈地作響。

高老夫子的牌風並不壞，但他總還抱著什麼不平。他本來是什麼都容易忘記的，惟獨這一回，卻總以為世風有些可慮。；雖然面前的籌馬漸漸增加了，也還不很能夠使他舒適，

使他樂觀。但時移俗易，世風也終究覺得好了起來；不過其時很晚，已經在打完第二圈，他快要湊成「清一色」的時候了。

一九二五年五月一日

名家·解讀

魯迅通過高幹亭備課、上課、打牌，將高幹亭之類的新復古派的「前臺的架子」和「後臺的面目」加以對照，充分暴露他們不學無術和下流無恥的嘴臉。

小說在藝術上頗具特色，首先是高老夫子一天的活動，主要由三個場景構成。第一個場景：時間——早晨到中午；地點——高老夫子家。動作——照鏡、備課。第二個場景：時間——下午；地點——賢良女校。動作——上課、逃走。

第三個場景：時間——晚上；地點——黃三家裏的牌桌上；動作——打牌，與黃三合謀搗鬼弄毛家大兒子的錢。三個場景，就是三幕鬧劇，三幅漫畫。第一幅——不學無術，故作正經；第二幅——自我暴露，狼狽不堪；第三幅——流氓本性，牌場老手。這樣便使高老夫子這一新國粹主義者復古派的醜惡形象，躍然紙上，呼之欲出。

其次是精緻細微的心理刻畫。

在藝術手法上，《高老夫子》與《肥皂》有相似之處，即喜劇性矛盾獲得喜劇效果，以自我暴露的方式揭示人物的靈魂。在《高老夫子》中除了這一特色外，魯迅更著意描寫人物處於特定環境條件下的心理活動，由人物內心情感的披露直接展示人物的靈魂。高老夫子在家裏備課的時候，照鏡子看見了眉棱上的瘢痕，他想到，這瘢痕大概會給女學生留下不好的印象，因此而憤憤不平；在教員預備室裏，他又想到：「上堂的姿勢應該威嚴；額角上的瘢痕總應該遮住；教

科書要讀得慢；看學生要大方。」然而真的站在講臺上，他又心虛膽怯，「連忙收回眼光」。……這就把高老夫子台前臺後的心理活動，特別是在學生面前的慌亂、局促、窘迫的心理狀態，刻畫出來了，通過這樣的心理刻畫，高老夫子卑污、下流、醜惡的靈魂便暴露無遺了。

　　　　　　　　　——于朝貴《魯迅作品手冊》

孤獨者

一

我和魏連殳（音：殊）相識一場，回想起來倒也別致，竟是以送殮始，以送殮終。

那時我在Ｓ城，就時時聽到人們提起他的名字，都說他很有些古怪：所學的是動物學，卻到中學堂去做歷史教員；對人總是愛理不理的，卻常喜歡管別人的閒事；常說家庭應該破壞，一領薪水卻一定立即寄給他的祖母，一日也不拖延。此外還有許多零碎的話柄；總之，在Ｓ城裏也算是一個

給人當作談助的人。有一年的秋天，我在寒石山的一個親戚家裏閑住；他們就姓魏，是連殳的本家。但他們卻更不明白他，彷彿將他當作一個外國人看待，說是「同我們都異樣的」。

這也不足為奇，中國的興學雖說已經二十年了，寒石山卻連小學也沒有。全山村中，只有連殳是出外遊學的學生，所以從村人看來，他確是一個異類；但也很妒羨，說他掙得許多錢。

到秋末，山村中痢疾流行了；我也自危，就想回到城中去。那時聽說連殳的祖母就染了病，因為是老年，所以很沉重；山中又沒有一個醫生。所謂他的家屬者，其實就只有一個這祖母，雇一名女工簡單地過活；他幼小失了父母，就由這祖母撫養成人的。聽說她先前也曾經吃過許多苦，現在可是安樂了。但因為他沒有家小，家中究竟非常寂寞，這大概也就是大家所謂異樣之一端罷。

寒石山離城是旱道一百里，水道七十里，專使人叫連殳
去，往返至少就得四天。山村僻陋，這些事便算大家都要打
聽的大新聞，第二天便轟傳她病勢已經極重，專差也出發
了；可是到四更天竟咽了氣，最後的話，是：「為什麼不肯
給我會一會連殳的呢？……」

族長，近房，他的祖母的母家的親丁，閒人，聚集了一
屋子，預計連殳的到來，應該已是入殮的時候了。壽材壽衣
早已做成，都無須籌畫；他們的第一大問題是在怎樣對付這
「承重孫」，因為逆料他關於一切喪葬儀式，是一定要改變
新花樣的。聚議之後，大概商定了三大條件，要他必行。一
是穿白，二是跪拜，三是請和尚道士做法事。總而言之：是
全都照舊。

他們既經議妥，便約定在連殳到家的那一天，一同聚在
廳前，排成陣勢，互相策應，並力作一回極嚴厲的談判。村
人們都咽著唾沫，新奇地聽候消息；他們知道連殳是「吃洋

教）的「新黨」，向來就不講什麼道理，兩面的爭鬥，大約總要開始的，或者還會釀成一種出人意外的奇觀。

傳說連殳的到家是下午，一進門，向他祖母的靈前只是彎了一彎腰。族長們便立刻照預定計畫進行，將他叫到大廳上，先說過一大篇冒頭，然後引入本題，而且大家此唱彼和，七嘴八舌，使他得不到辯駁的機會。但終於話都說完了，沉默充滿了全廳，人們全數悚然地緊看著他的嘴。只見連殳神色也不動，簡單地回答道：

「都可以的。」

這又很出於他們的意外，大家的心的重擔都放下了，但又似乎反加重，覺得太「異樣」，倒很有些可慮似的。打聽新聞的村人們也很失望，口口相傳道，「奇怪！他說『都可以』哩！我們看去罷！」都可以就是照舊，本來是無足觀了，但他們也還要看，黃昏之後，便欣欣然聚滿了一堂前。

我也是去看的一個，先送了一份香燭；待到走到他家，

已見連殳在給死者穿衣服了。原來他是一個短小瘦削的人，長方臉，蓬鬆的頭髮和濃黑的鬚眉佔了一臉的小半，只見兩眼在黑氣裏發光。那穿衣也穿得真好，井井有條，彷彿是一個大殮的專家，使旁觀者不覺嘆服。寒石山老例，當這些時候，無論如何，母家的親丁是總要挑剔的；他卻只是默默地，遇見怎麼挑剔便怎麼改，神色也不動。站在我前面的一個花白頭髮的老太太，便發出羨慕感歎的聲音。

其次是拜；其次又是拜；又是哭，凡女人們都念念有詞。其次入棺；其次又是拜；又是哭，直到釘好了棺蓋。沉靜了一瞬間，大家忽而擾動了，很有驚異和不滿的形勢。我也不由的突然覺到：連殳就始終沒有落過一滴淚，只坐在草薦上，兩眼在黑氣裏閃閃地發光。

大殮便在這驚異和不滿的空氣裏面完畢。大家都快快地，似乎想走散，但連殳卻還坐在草薦上沉思。忽然，他流下淚來了，接著就失聲，立刻又變成長嚎，像一匹受傷的

狼，當深夜在曠野中嗥叫，慘傷裏夾雜著憤怒和悲哀。這模樣，是老例上所沒有的，先前也未曾預防到，大家都手足無措了，遲疑了一會，就有幾個人上前去勸止他，愈去愈多，終於擠成一大堆。但他卻只是兀坐著號咷，鐵塔似的動也不動。

大家又只得無趣地散開；他哭著，哭著，約有半點鐘，這才突然停了下來，也不向吊客招呼，逕自往家裏走。接著就有前去窺探的人來報告：他走進他祖母的房裏，躺在床上，而且，似乎就睡熟了。

隔了兩日，是我要動身回城的前一天，便聽到村人都遭了魔似的發議論，說連夕要將所有的器具大半燒給他祖母，餘下的便分贈生時侍奉，死時送終的女工，並且連房屋也要無期地借給她居住了。親戚本家都說到舌敝唇焦，也終於阻當不住。

恐怕大半也還是因為好奇心，我歸途中經過他家的門

口，便又順便去弔慰。他穿了毛邊的白衣出見，神色也還是那樣，冷冷的。我很勸慰了一番；他卻除了唯唯諾諾之外，只回答了一句話，是：

「多謝你的好意。」

二

我們第三次相見就在這年的冬初，Ｓ城的一個書鋪子裏，大家同時點了一點頭，總算是認識了。但使我們接近起來的，是在這年底我失了職業之後。從此，我便常常訪問連殳去。一則，自然是因為無聊賴；二則，因為聽人說，他倒很親近失意的人的，雖然素性這麼冷。但是世事升沉無定，失意人也不會長是失意人，所以他也就很少長久的朋友。這傳說果然不虛，我一投名片，他便接見了。兩間連通的客廳，並無什麼陳設，不過是桌椅之外，排列些書架，大家雖

說他是一個可怕的「新黨」，架上卻不很有新書。他已經知道我失了職業了；但套話一說就完，主客便只好默默地相對，逐漸沉悶起來。我只見他很快地吸完一枝煙，煙蒂要燒著手指了，才拋在地面上。

「吸煙罷。」他伸手取第二枝煙時，忽然說。

我便也取了一枝，吸著，講些關於教書和書籍的，但也還覺得沉悶。我正想走時，門外一陣喧嚷和腳步聲，四個男女孩子闖進來了。大的八九歲，小的四五歲，手臉和衣服都很髒，而且醜得可以。但是連殳的眼裏卻即刻發出歡喜的光來了，連忙站起，向客廳間壁的房裏走，一面說道：

「大良，二良，都來！你們昨天要的口琴，我已經買來了。」

孩子們便跟著一齊擁進去，立刻又各人吹著一個口琴擁而出，一出客廳門，不知怎的便打將起來。有一個哭了。

「一人一個，都一樣的。不要爭呵！」他還跟在後面囑

咐。

「這麼多的一群孩子都是誰呢？」我問。

「是房主人的。他們都沒有母親，只有一個祖母。」

「房東只一個人麼？」

「是的。他的妻子大概死了三四年了罷，沒有續娶。——否則，便要不肯將餘屋租給我似的單身人。」他說著，冷冷地微笑了。

我很想問他何以至今還是單身，但因為不很熟，終於不好開口。

只要和連殳一熟識，是很可以談談的。他議論非常多，而且往往頗奇警。使人不耐的倒是他的有些來客，大抵是讀過《沉淪》（編按·郁達夫的短篇小說）的罷，時常自命為「不幸的青年」或是「零餘者」，螃蟹一般懶散而驕傲地堆在大椅子上，一面唉聲歎氣，一面皺著眉頭吸煙。還有那房主的孩子們，總是互相爭吵，打翻碗碟，硬討點心，亂得人

頭昏。但連殳一見他們，卻再不像平時那樣的冷冷的了，看得比自己的性命還寶貴。聽說有一回，三良發了紅斑痧，竟急得他臉上的黑氣愈見其黑了；不料那病是輕的，於是後來便被孩子們的祖母傳作笑柄。

「孩子總是好的。他們全是天真……。」他似乎也覺得我有些不耐煩了，有一天特地乘機對我說。

「那也不儘然。」我只是隨便回答他。

「不。大人的壞脾氣，在孩子們是沒有的。後來的壞，如你平日所攻擊的壞，那是環境教壞的。原來卻並不壞，天真……。我以為中國的可以希望，只在這一點。」

「不。如果孩子中沒有壞根苗，大起來怎麼會有壞花果？譬如一粒種子，正因為內中本含有枝葉花果的胚，長大時才能夠發出這些東西來。何嘗是無端……。」我因為閑著無事，便也如大人先生們一下野，就要吃素談禪一樣，正在看佛經。佛理自然是並不懂得的，但竟也不自檢點，一味任

意地說。

然而連忙氣忿了，只看了我一眼，不再開口。我也猜不出他是無話可說呢，還是不屑辯。但見他又顯出許久不見的冷冷的態度來，默默地連吸了兩枝煙；待到他再取第三枝時，我便只好逃走了。

這仇恨是歷了三月之久才消釋的。原因大概是一半因為忘卻，一半則他自己竟也被「天真」的孩子所仇視了，於是覺得我對於孩子的冒瀆的話倒也情有可原。但這不過是我的推測。其時是在我的寓裏的酒後，他似乎微露悲哀模樣，半仰著頭道：

「想起來真覺得有些奇怪。我到你這裏來時，街上看見一個很小的小孩，拿了一片蘆葉指著我道：殺！他還不很能走路……。」

「這是環境教壞的。」

我即刻很後悔我的話。但他卻似乎並不介意，只竭力地

喝酒，其間又竭力地吸煙。

「我倒忘了，還沒有問你，」我便用別的話來支梧，「你是不大訪問人的，怎麼今天有這興致來走走呢？我們相識有一年多了，你到我這裏來卻還是第一回。」

「我正要告訴你呢：你這幾天切莫到我寓裏來看我了。我的寓裏正有很討厭的一大一小在那裏，都不像人！」

「一大一小？這是誰呢？」我有些詫異。

「是我的堂兄和他的小兒子。哈哈，兒子正如老子一般。」

「是上城來看你，帶便玩玩的罷？」

「不。說是來和我商量，就要將這孩子過繼給我的。」

「呵！過繼給你？」我不禁驚叫了，「你不是還沒有娶親麼？」

「他們知道我不娶的了。但這都沒有什麼關係。他們其實是要過繼給我那一間寒石山的破屋子。我此外一無所有，

你是知道的；錢一到手就化完。只有這一間破屋子。他們父子的一生的事業是在逐出那一個借住著的老女工。」

他那詞氣的冷峭，實在又使我悚然。但我還慰解他說：

「我看你的本家也還不至於此。他們不過思想略舊一點罷了。譬如，你那年大哭的時候，他們就都熱心地圍著使勁來勸你……。」

「我父親死去之後，因為奪我屋子，要我在筆據上畫花押，我大哭著的時候，他們也是這樣熱心地圍著使勁來勸我……。」他兩眼向上凝視，彷彿要在空中尋出那時的情景來。

「總而言之：關鍵就全在你沒有孩子。你究竟為什麼老不結婚的呢？」我忽而尋到了轉舵的話，也是久已想問的話，覺得這時是最好的機會了。

他詫異地看著我，過了一會，眼光便移到他自己的膝髁上去了，於是就吸煙，沒有回答。

三

但是，雖在這一種百無聊賴的境地中，也還不給玫安住。漸漸地，小報上有匿名人來攻擊他，學界上也常有關於他的流言，可是這已經並非先前似的單是話柄，大概是於他有損的了。我知道這是他近來喜歡發表文章的結果，倒也並不介意。S城人最不願意有人發些沒有顧忌的議論，一有，一定要暗暗地來叮他，這是向來如此的，連玫自己也知道。但到春天，忽然聽說他已被校長辭退了。這卻使我覺得有些兀突；其實，這也是向來如此的，不過因為我希望著自己認識的人能夠倖免，所以就以為兀突罷了，S城人倒並非這一回特別惡。

其時我正忙著自己的生計，一面又在接洽本年秋天到山陽去當教員的事，竟沒有工夫去訪問他。待到有些餘暇的時

候，離他被辭退那時大約快有三個月了，可是還沒有發生訪問連殳的意思。有一天，我路過大街，偶然在舊書攤前停留，卻不禁使我覺到震悚，因為在那裏陳列著的一部汲古閣初印本《史記索隱》，正是連殳的書。他喜歡書，但不是藏書家，這種本子，在他是算作貴重的善本，非萬不得已，不肯輕易變賣的。難道他失業剛才兩三月，就一貧至此麼？雖然他向來一有錢即隨手散去，沒有什麼貯蓄。於是我便決意訪問連殳去，順便在街上買了一瓶燒酒，兩包花生米，兩個熏魚頭。

他的房門關閉著，叫了兩聲，不見答應。我疑心他睡著了，更加大聲地叫，並且伸手拍著房門。

「出去了罷！」大良們的祖母，那三角眼的胖女人，從對面的窗口探出她花白的頭來了，也大聲說，不耐煩似的。

「那裏去了呢？」我問。

「那裏去了？誰知道呢？——他能到那裏去呢，你等著

就是，一會兒總會回來的。」

我便推開門走進他的客廳去。真是「一日不見，如隔三秋」，滿眼是淒涼和空空洞洞，不但器具所餘無幾了，連書籍也只剩了在S城決沒有人會要的幾本洋裝書。屋中間的圓桌還在，先前曾經常常圍繞著憂鬱慷慨的青年，懷才不遇的奇士和腌臢吵鬧的孩子們的，現在卻見得很閒靜，只在面上蒙著一層薄薄的灰塵。我就在桌上放了酒瓶和紙包，拖過一把椅子來，靠桌旁對著房門坐下。

的確不過是「一會兒」，房門一開，一個人悄悄地陰影似的進來了，正是連殳。也許是傍晚之故罷，看去彷彿比先前黑，但神情卻還是那樣。

「阿！你在這裏？來得多久了？」他似乎有些喜歡。

「並沒有多久。」我說，「你到那裏去了？」

「並沒有到那裏去，不過隨便走走。」

他也拖過椅子來，在桌旁坐下；我們便開始喝燒酒，一

面談些關於他的失業的事。但他卻不願意多談這些；他以為這是意料中的事，也是自己時常遇到的事，無足怪，而且無可談的。他照例只是一意喝燒酒，並且依然發些關於社會和歷史的議論。不知怎地我此時看見空空的書架，也記起汲古閣初印本的《史記索隱》，忽而感到一種淡漠的孤寂和悲哀。

「你的客廳這麼荒涼⋯⋯。近來客人不多了麼？」

「沒有了。他們以為我心境不佳，來也無意味。心境不佳，實在是可以給人們不舒服的。冬天的公園，就沒有人去⋯⋯。」他連喝兩口酒，默默地想著，突然，仰起臉來看著我問道，「你在圖謀的職業也還是毫無把握罷？⋯⋯」

我雖然明知他已經有些酒意，但也不禁憤然，正想發話，只見他側耳一聽，便抓起一把花生米，出去了。門外是大良們笑嚷的聲音。

但他一出去，孩子們的聲音便寂然，而且似乎都走了。

他還追上去，說些話，卻不聽得有回答。他也就陰影似的悄悄地回來，仍將一把花生米放在紙包裏。

「連我的東西也不要吃了。」他低聲，嘲笑似的說。

「連殳，」我很覺得悲涼，卻強裝著微笑，說，「我以為你太自尋苦惱了。你看得人間太壞……。」

他冷冷的笑了一笑。

「我的話還沒有完哩。你對於我們，偶而來訪問你的我們，也以為因為閑著無事，所以來你這裏，將你當作消遣的資料的罷？」

「並不。但有時也這樣想。或者尋些談資。」

「那你可錯誤了。人們其實並不這樣。你實在親手造了獨頭繭，將自己裹在裏面了。你應該將世間看得光明些。」我嘆惜著說。

「也許如此罷。但是，你說：那絲是怎麼來的？——自然，世上也盡有這樣的人，譬如，我的祖母就是。我雖然沒

有分得她的血液，卻也許會繼承她的運命。然而這也沒有什麼要緊，我早已預先一起哭過了……。」

我即刻記起他祖母大殮時候的情景來，如在眼前一樣。

「我總不解你那時的大哭……。」於是驟突地問了。

「我的祖母入殮的時候罷？是的，你不解的。」他一面點燈，一面冷靜地說，「你的和我交往，我想，還正因為那時的哭哩。你不知道，這祖母，是我父親的繼母；他的生母，他三歲時候就死去了。」他想著，默默地喝酒，吃完了一個熏魚頭。

「那些往事，我原是不知道的。只是我從小時候就覺得不可解。那時我的父親還在，家景也還好，正月間一定要懸掛祖像，盛大地供養起來。看著這許多盛裝的畫像，在我那時似乎是不可多得的眼福。但那時，抱著我的一個女工總指了一幅像說：『這是你自己的祖母。拜拜罷，保佑你生龍活虎似的大得快。』我真不懂得我明明有著一個祖母，怎麼又

會有什麼『自己的祖母』來。可是我愛這『自己的祖母』，她不比家裏的祖母一般老：她年青，好看，穿著描金的紅衣服，戴著珠冠，和我母親的像差不多。我看她時，她的眼睛也注視我，而且口角上漸漸增多了笑影：我知道她一定也是極其愛我的。

「然而我也愛那家裏的，終日坐在窗下慢慢地做針線的祖母。雖然無論我怎樣高興地在她面前玩笑，叫她，也不能引她歡笑，常使我覺得冷冷地，和別人的祖母們有些不同。但我還愛她。可是到後來，我逐漸疏遠她了；這也並非因為年紀大了，已經知道她不是我父親的生母的緣故，倒是看久了終日終年的做針線，機器似的，自然免不了要發煩。但她卻還是先前一樣，做針線；管理我，也愛護我，雖然少見笑容，卻也不加呵斥。直到我父親去世，還是這樣；後來呢，我們幾乎全靠她做針線過活了，自然更這樣，直到我進學堂……。」

燈火銷沉下去了，煤油已經將涸，他便站起，從書架下摸出一個小小的洋鐵壺來添煤油。

「只這一月裏，煤油已經漲價兩次了……。」他旋好了燈頭，慢慢地說。「生活要日見其困難起來。——她後來還是這樣，直到我畢業，有了事做，生活比先前安定些；恐怕還直到她生病，實在打熬不住了，只得躺下的時候罷……。」

「她的晚年，據我想，是總算不很辛苦的，享壽也不小了，正無須我來下淚。況且哭的人不是多著麼？連先前竭力欺凌她的人們也哭，至少是臉上很慘然。哈哈！……可是我那時不知怎地，將她的一生縮在眼前了，親手造成孤獨，又放在嘴裏去咀嚼的人的一生。而且覺得這樣的人還很多哩。這些人們，就使我要痛哭，但大半也還是因為我那時太過於感情用事……。

「你現在對於我的意見，就是我先前對於她的意見。然而我的那時的意見，其實也不對的。便是我自己，從略知世

事起，就的確逐漸和她疏遠起來了……。」

他沉默了，指間夾著煙捲，低了頭，想著。燈火在微微地發抖。「呵，人要使死後沒有一個人為他哭，是不容易的事呵。」他自言自語似的說；略略一停，便仰起臉來向我道，「想來你也無法可想。我也還得趕緊尋點事情做……。」

「你再沒有可托的朋友了麼？」我這時正是無法可想，連自己。

「那倒大概還有幾個的，可是他們的境遇都和我差不多……。」

我辭別連殳出門的時候，圓月已經升在中天了，是極靜的夜。

　　　四

山陽的教育事業的狀況很不佳。我到校兩月，得不到一

文薪水，只得連煙捲也節省起來。但是學校裏的人們，雖是月薪十五六元的小職員，也沒有一個不是樂天知命的，仗著逐漸打熬成功的銅筋鐵骨，面黃肌瘦地從早辦公一直到夜，其間看見名位較高的人物，還得恭恭敬敬地站起，實在都是不必「衣食足而知禮節」的人民。我每看見這情狀，不知怎的總記起連殳臨別託付我的話來。他那時生計更其不堪了，窘相時時顯露，看去似乎已沒有往時的深沉，知道我就要動身，深夜來訪，遲疑了許久，才吞吞吐吐地說道：「不知道那邊可有法子想？——便是鈔寫，一月二三十塊錢的也可以的。我……。」

我很詫異了，還不料他竟肯這樣的遷就，一時說不出話來。

「我……，我還得活幾天……。」

「那邊去看一看，一定竭力去設法罷。」

這是我當日一口承當的答話，後來常常自己聽見，眼前

也同時浮出連殳的相貌，而且吞吞吐吐地說道「我還得活幾天」。到這些時，我便設法向各處推薦一番；但有什麼效驗呢，事少人多，結果是別人給我幾句抱歉的話，我就給他幾句抱歉的信。到一學期將完的時候，那情形就更加壞了起來。那地方的幾個紳士所辦的《學理週報》上，竟開始攻擊我了，自然是決不指名的，但措辭很巧妙，使人一見就覺得我是在挑剔學潮，連推薦連殳的事，也算是呼朋引伴。

我只好一動不動，除上課之外，便關起門來躲著，有時連煙捲的煙鑽出窗隙去，也怕犯了挑剔學潮的嫌疑。連殳的事，自然更是無從說起了。這樣地一直到深冬。

下了一天雪，到夜還沒有止，屋外一切靜極，靜到要聽出靜的聲音來。我在小小的燈火光中，閉目枯坐，如見雪花片片飄墜，來增補這一望無際的雪堆；故鄉也準備過年了，人們忙得很；我自己還是一個兒童，在後園的平坦處和一夥小朋友塑雪羅漢。雪羅漢的眼睛是用兩塊小炭嵌出來的，顏

色很黑，這一閃動，便變了連殳的眼睛。

「我還得活幾天！」仍是這樣的聲音。

「為什麼呢？」我無端地這樣問，立刻連自己也覺得可笑了。

這可笑的問題使我清醒，坐直了身子，點起一枝煙捲來；推窗一望，雪果然下得更大了。聽得有人叩門；不一會，一個人走進來，但是聽熟的客寓雜役的腳步。他推開我的房門，交給我一封六寸多長的信，字跡很潦草，然而一瞥便認出「魏連殳」兩個字，是連殳寄來的。

這是從我離開S城以後他給我的第一封信。我知道他疏懶，本不以杳無消息為奇，但有時也頗怨他不給一點消息。待到接了這信，可又無端地覺得奇怪了，慌忙拆開來。裏面也用了一樣潦草的字體，寫著這樣的話：

「申飛……。

「我稱你什麼呢？我空著。你自己願意稱什麼，你自己

添上去罷。我都可以的。

「別後共得三信，沒有覆。這原因很簡單：我連買郵票的錢也沒有。

「你或者願意知道些我的消息，現在簡直告訴你罷：我失敗了。先前，我自以為是失敗者，現在知道那並不，現在才真是失敗者了。先前，還有人願意我活幾天，我自己也還想活幾天的時候，汜不下去；現在，大可以無須了，然而要活下去……。

「然而就活下去麼？願意我活幾天的，自己就活不下去。這人已被敵人誘殺了。誰殺的呢？誰也不知道。

「人生的變化多麼迅速呵！這半年來，我幾乎求乞了，實際，也可以算得已經求乞。然而我還有所為，我願意為此求乞，為此凍餒，為此寂寞，為此辛苦。但滅亡是不願意的。你看，有一個願意我活幾天的，那力量就這麼大。然而現在是沒有了，連這一個也沒有了。同時，我自己也覺得不

配活下去；別人呢？也不配的。同時，我自己又覺得偏要為不願意我活下去的人們而活下去；好在願意我好好地活下去的已經沒有了，再沒有誰痛心。使這樣的人痛心，我是不願意的。然而現在是沒有了，連這一個也沒有了。快活極了，舒服極了；我已經躬行我先前所憎惡，所反對的一切，拒斥我先前所崇仰，所主張的一切了。我已經真的失敗，──然而我勝利了。

「你以為我發了瘋麼？你以為我成了英雄或偉人了麼？不，不的。這事情很簡單；我近來已經做了杜師長的顧問，每月的薪水就有現洋八十元了。

「申飛……」

「你將以我為什麼東西呢，你自己定就是，我都可以的。

「你大約還記得我舊時的客廳罷，我們在城中初見和將別時候的客廳。現在我還用著這客廳。這裏有新的賓客，新

的饋贈，新的頌揚，新的鑽營，新的磕頭和打拱，新的打牌和猜拳，新的冷眼和噁心，新的失眠和吐血……。

「你前信說你教書很不如意。你願意也做顧問麼？可以告訴我，我給你辦。其實是做門房也不妨，一樣地有新的賓客和新的饋贈，新的頌揚……。

「我這裏下大雪了。你那裏怎樣？現在已是深夜，吐了兩口血，使我清醒起來。記得你竟從秋天以來陸續給了我三封信，這是怎樣的可以驚異的事呵。我必須寄給你一點消息，你或者不至於倒抽一口冷氣罷。

「此後，我大約不再寫信的了，我這習慣是你早已知道的。何時回來呢？倘早，當能相見。——但我想，我們大概究竟不是一路的；那麼，請你忘記我罷。我從我的真心感謝你先前常替我籌畫生計。但是現在忘記我罷；我現在已經『好』了。

連殳。十二月十四日。」

這雖然並不使我「倒抽一口冷氣」，但草草一看之後，又細看了一遍，卻總有些不舒服，而同時可又夾雜些快意和高興；又想，他的生計總算已經不成問題，我的擔子也可以放下了，雖然在我這一面始終不過是無法可想。忽而又想寫一封信回答他，但又覺得沒有話說，於是這意思也立即消失了。

我的確漸漸地在忘卻他。在我的記憶中，他的面貌也不再時常出現。但得信之後不到十天，S城的學理七日報社忽然接續著郵寄他們的《學理七日報》來了。我是不大看這些東西的，不過既經寄到，也就隨手翻翻。這卻使我記起連殳來，因為裏面常有關於他的詩文，如《雪夜謁連殳先生》，《連殳顧問高齋雅集》等等；有一回，《學理閒譚》裏還津津地敘述他先前所被傳為笑柄的事，稱作「逸聞」，言外大有「且夫非常之人，必能行非常之事」的意思。

不知怎地雖然因此記起，但他的面貌卻總是逐漸模糊；

然而又似乎和我日加密切起來，往往無端感到一種連連自己也莫明其妙的不安和極輕微的震顫。幸而到了秋季，這《學理七日報》就不寄來了；山陽的《學理週刊》上卻又按期登起一篇長論文：《流言即事實論》。裏面還說，關於某君們的流言，已在公正士紳間盛傳了。這是專指幾個人的，有我在內；我只好極小心，照例連吸煙卷的煙也謹防飛散。

小心是一種忙的苦痛，因此會百事俱廢，自然也無暇記得連殳。總之：我其實已經將他忘卻了。

但我也終於敷衍不到暑假，五月底，便離開了山陽。

五

從山陽到歷城，又到太谷，一總轉了大半年，終於尋不出什麼事情做，我便又決計回 S 城去了。到時是春初的下午，天氣欲雨不雨，一切都罩在灰色中；舊寓裏還有空房，

仍然住下。在道上，就想起連殳的了，到後，便決定晚飯後去看他。我提著兩包聞喜名產的煮餅，走了許多潮濕的路，讓道給許多攔路高臥的狗，這才總算到了連殳的門前。裏面彷彿特別明亮似的。我想，一做顧問，連寓裏也格外光亮起來了，不覺在暗中一笑。但仰面一看，門旁卻白白的，分明帖著一張斜角紙。我又想，大良們的祖母死了罷；同時也跨進門，一直向裏面走。

微光所照的院子裏，放著一具棺材，旁邊站一個穿軍衣的兵或是馬弁，還有一個和他談話的，看時卻是大良的祖母；另外還閑站著幾個短衣的粗人。我的心即刻跳起來了。她也轉過臉來凝視我。

「阿呀！您回來了？何不早幾天……。」她忽而大叫起來。

「誰……誰沒有了？」我其實是已經大概知道了，但還是問。

「魏大人，前天沒有的。」

我四顧，客廳裏暗沉沉的，大約只有一盞燈；正屋裏卻掛著白的孝幛，幾個孩子聚在屋外，就是大良二良們。

「他停在那裏，」大良的祖母走向前，指著說，「魏大人恭喜之後，我把正屋也租給他了；他現在就停在那裏。」

孝幛上沒有別的，前面是一張條桌，一張方桌，方桌上擺著十來碗飯菜。我剛跨進門，當面忽然現出兩個穿白長衫的來攔住了，瞪了死魚似的眼睛，從中發出驚疑的光來，釘住了我的臉。我慌忙說明我和連殳的關係，大良的祖母也來從旁證實，他們的手和眼光這才逐漸弛緩下去，默許我近前去鞠躬。

我一鞠躬，地下忽然有人嗚嗚的哭起來了，定神看時，一個十多歲的孩子伏在草薦上，也是白衣服，頭髮剪得很光的頭上還絡著一大綹苧麻絲。

我和他們寒暄後，知道一個是連殳的從堂兄弟，要算最

親的了；一個是遠房侄子。我請求看一看故人，他們卻竭力攔阻，說是「不敢當」的。然而終於被我說服了，將孝幃揭起。

這回我會見了死的連殳。但是奇怪！他雖然穿一套皺的短衫褲，大襟上還有血跡，臉上也瘦削得不堪，然而面目卻還是先前那樣的面目，寧靜地閉著嘴，合著眼，睡著似的，幾乎要使我伸手到他鼻子前面，去試探他可是其實還在呼吸著。

一切是死一般靜，死的人和活的人。我退開了，他的從堂兄弟卻又來周旋，說「舍弟」正在年富力強，前程無限的時候，竟遽爾「作古」了，這不但是「衰宗」不幸，也太使朋友傷心。言外頗有替連殳道歉之意；這樣地能說，在山鄉中人是少有的。但此後也就沉默了，一切是死一般靜，死的人和活的人。

我覺得很無聊，怎樣的悲哀倒沒有，便退到院子裏，和

大良們的祖母閒談起來。知道入殮的時候是臨近了，只待壽衣送到.；釘棺材釘時，「了午卯酉」四生肖是必須躲避的。她談得高興了，說話滔滔地泉流似的湧出，說到他的病狀，說到他生時的情景，也帶些關於他的批評。

「你可知道魏大人自從交運之後，人就和先前兩樣了，臉也抬高起來，氣昂昂的。對人也不再先前那麼迂。你知道，他先前不是像一個啞子，見我是叫老太太的麼？後來就叫『老傢伙』。唉唉，真是有趣。人送他仙居朮，他自己是不吃的，就摔在院子裏，——就是這地方，——叫道，『老傢伙，你吃去罷。』他交運之後，人來人往，我把正屋也讓給他住了，自己便搬在這廂房裏。他也真是一走紅運，就與眾不同，我們就常常這樣說笑。要是你早來一個月，還趕得上看這裏的熱鬧，三日兩頭的猜拳行令，說的說，笑的笑，唱的唱，做詩的做詩，打牌的打牌……。

「他先前怕孩子們比孩子們見老子還怕，總是低聲下氣

的。近來可也兩樣了，能說能鬧，我們的大良們也很喜歡和他玩，一有空，便都到他的屋裏去。他也用種種方法逗著玩；要他買東西，他就要孩子裝一聲狗叫，或者磕一個響頭。哈哈，真是過得熱鬧。前兩月二良要他買鞋，還磕了三個響頭哩，哪，現在還穿著，沒有破呢。」

一個穿白長衫的人出來了，她就住了口。我打聽連殳的病症，她卻不大清楚，只說大約是早已瘦了下去的罷，可是誰也沒理會，因為他總是高高興興的。到一個多月前，這才聽到他吐過幾回血，但似乎也沒有看醫生；後來躺倒了；死去的前三天，就啞了喉嚨，說不出一句話。十三大人從寒石山路遠迢迢地上城來，問他可有存款，他一聲也不響。十三大人疑心他裝出來的，也有人說有些生癆病死的人是要說不出話來的，誰知道呢……。

「可是魏大人的脾氣也太古怪，」她忽然低聲說，「他就不肯積蓄一點，水似的化錢。十三大人還疑心我們得了什

麼好處。有什麼此好處呢？他就冤裏冤枉糊裏糊塗地化掉
了。譬如買東西，今天買進，明天又賣出，弄破，真不知道
是怎麼一回事。待到死了下來，什麼也沒有，都糟掉了。要
不然，今天也不至於這樣地冷靜……。

「他就是胡鬧，不想辦一點正經事。我是想到過的，也
勸過他。這麼年紀了，應該成家；照現在的樣子，結一門親
很容易；如果沒有門當戶對的，先買幾個姨太太也可以：人
是總應該像個樣子的。可是他一聽到就笑起來，說道，『老
傢伙，你還是總替別人惦記著這等事麼？』你看，他近來就
浮而不實，不把人的好話當好話聽。要是早聽了我的話，現
在何至於獨自冷清清地在陰間摸索，至少，也可以聽到幾聲
親人的哭聲……。」

一個店夥背了衣服來了。三個親人便檢出裏衣，走進幃
後去。不多久，孝幃揭起了，裏衣已經換好，接著是加外
衣。

這很出我意外。一條土黃的軍褲穿上了，嵌著很寬的紅條，其次穿上去的是軍衣，金閃閃的肩章，也不知道是什麼品級，那裏來的品級。到入棺，是連殳很不妥帖地躺著，腳邊放一雙黃皮鞋，腰邊放一柄紙糊的指揮刀，骨瘦如柴的灰黑的臉旁，是一頂金邊的軍帽。

三個親人扶著棺沿哭了一場，止哭拭淚；頭上絡麻線的孩子退出去了，三良也避去，大約都是屬「子午卯酉」之一的。

粗人打起棺蓋來，我走近去最後看一看永別的連殳。

他在不妥帖的衣冠中，安靜地躺著，合了眼，閉著嘴，口角間彷彿含著冰冷的微笑，冷笑著這可笑的死屍。

敲釘的聲音一響，哭聲也同時迸出來。這哭聲使我不能聽完，只好退到院子裏；順腳一走，不覺出了大門了。潮濕的路極其分明，仰看太空，濃雲已經散去，掛著一輪圓月，散出冷靜的光輝。

我快步走著，彷彿要從一種沉重的東西中衝出，但是不能夠。耳朵中有什麼掙扎著，久之，久之，終於掙扎出來了，隱約像是長嗥，像一匹受傷的狼，當深夜在曠野中嗥叫，慘傷裏夾雜著憤怒和悲哀。

我的心地就輕鬆起來，坦然地在潮濕的石路上走，月光底下。

一九二五年十月十七日畢

名家・解讀

其實，像魏連殳那樣的人，並不是什麼很激烈的改革者，在舊社會也還不是了不起的危險分子，他不過是想要自己立住腳跟，不沉沒下去。他慘傷而憤怒地叫著我還要活幾天，也不過是想在將來他大概有些事可作；他還有朋友們，

有朋友們在一起奮鬥著，或者可以有相當的進展，而他本身所受的，卻並不是什麼了不起的壓迫。像有些流言以至於強開嘴就怕人家把舌頭偷了去，時時刻刻要防備著從不知什麼地方鑽出來一下扯住你褲腳的東西，以及被校長辭退之類，都是很普通，差不多你要做得像一個人樣，就要遇到這許多的威迫同恫嚇，在這種時候，也只好孤獨起來，而且把這孤獨放到嘴裏去咀嚼，其實你就不孤獨起來也沒有辦法，人家決不會放你過去的，就像我們的魏先生，他決不自安於孤獨，時時想從他的繭裏伸出頭來。

但是，朋友們的死卻給他以一個最大的打擊……感到最大的壓迫，最大的頹喪，最大的孤獨與悲哀……

而魏連殳終於失敗了，他曾經向前攻擊，攻擊而失敗了。他被社會所遺布，他的朋友被敵人所謀殺，於是從前線上退回來，趨向於自殺的工作，在可能範圍之內，他侮辱他所能夠侮辱的人，並且也侮辱他自己，他以一種淒涼的悲哀

的自覺向社會復仇，沒有憤怒，沒有火，沒有如狂風一般的力，只是冷冷的悲哀的自覺，對社會復仇而同時破壞自己。孤獨者哭了，那聲音在慘傷裏夾雜憤怒和悲哀，像一個受傷的狼，在曠野裏嗥著，而他黑的眼睛在暗夜裏閃著火，雖然已經很安靜地合攏了……

——向培良《論〈孤獨者〉》

傷逝

——涓生的手記

　　如果我能夠，我要寫下我的悔恨和悲哀，為了子君，為了自己。

　　會館裏的被遺忘在偏僻裏的破屋是這樣地寂靜和空虛。時光過得真快，我愛子君，仗著她逃出這寂靜和空虛，已經滿一年了。事情又這麼不湊巧，我重來時，偏偏空著的又只有這一間屋。依然是這樣的破窗，這樣的窗外的半枯的槐樹和老紫藤，這樣的窗前的方桌，這樣的敗壁，這樣的靠壁的板床。深夜中獨自躺在床上，就如我未曾和子君同居以前一般，過去一年中的時光全被消滅，全未有過，我並沒有曾經

從這破子搬出，住吉兆胡同創立了滿開希望的小小的家庭。

不但如此。在一年之前，這寂靜和空虛是並不這樣的，常常含著期待；期待子君的到來。在久待的焦躁中，一聽到皮鞋的高底尖觸著磚路的清響，是怎樣地使我驟然生動起來呵！於是就看見帶著笑渦的蒼白的圓臉，蒼白的瘦的臂膊，布的有條紋的衫子了，玄色的裙。她又帶了窗外的半枯的槐樹的新葉來，使我看見，還有掛在鐵似的老幹上的一房一房的紫白的藤花。

然而現在呢，只有寂靜和空虛依舊，子君卻決不再來了，而且永遠，永遠地……

子君不在我這破屋裏時，我什麼也看不見。在百無聊賴中，順手抓過一本書來，科學也好，文學也好，橫豎什麼都一樣；看下去，看下去，忽而自己覺得，已經翻了十多頁了，但是毫不記得書上所說的事。只是耳朵卻分外地靈，彷

佛聽到大門外一切往來的履聲，從中便有子君的，而且橐橐地逐漸臨近，——但是，往往又逐漸渺茫，終於消失在別的步聲的雜遝中了。我憎惡那不像子君鞋聲的穿布底鞋的長班的兒子，我憎惡那太像子君鞋聲的常常穿著新皮鞋的鄰院的搽雪花膏的小東西！

莫非她翻了車麼？莫非她被電車撞傷了麼？……

我便要取了帽子去看她，然而她的胞叔就曾經當面罵過我。

驀然，她的鞋聲近來了，一步響於一步，迎出去時，卻已經走過紫藤棚下，臉上帶著微笑的酒窩。她在她叔子的家裏大約並未受氣；我的心寧帖了，默默地相視片時之後，破屋裏便漸漸充滿了我的語聲，談家庭專制，談打破舊習慣，談男女平等，談伊孛生，談泰戈爾，談雪萊……。她總是微笑點頭，兩眼裏彌漫著稚氣的好奇的光澤。壁上就釘著一張銅板的雪萊半身像，是從雜誌上裁下來的，是他的最美的一

187　　　　傷逝

張像。當我指給她看時，她卻只草草一看，便低了頭，似乎不好意思了。這些地方，子君就大概還未脫盡舊思想的束縛，──我後來也想，倒不如換一張雪萊淹死在海裏的紀念像或是伊孛生（易卜生）的罷；但也終於沒有換，現在是連這一張也不知那裏去了。

「我是我自己的，他們誰也沒有干涉我的權利！」

這是我們交際了半年，又談起她在這裏的胞叔和在家的父親時，她默想了一會之後，分明地，堅決地，沉靜地說了出來的話。其時是我已經說盡了我的意見，我的身世，我的缺點，很少隱瞞；她也完全瞭解的了。這幾句話很震動了我的靈魂，此後許多天還在耳中發響，而且說不出的狂喜，知道中國女性，並不如厭世家所說那樣的無法可施，在不遠的將來，便要看見輝煌的曙色的。

送她出門，照例是相離十多步遠；照例是那鯰魚鬚的老

東西的臉又緊帖在髒的窗玻璃上了，連鼻尖都擠成一個小平面；到外院，照例又是明晃晃的玻璃窗裏的那小東西的臉，加厚的雪花膏。她目不邪視地驕傲地走了，沒有看見；我驕傲地回來。

「我是我自己的，他們誰也沒有干涉我的權利！」這徹底的思想就在她的腦裏，比我還透澈，堅強得多。半瓶雪花膏和鼻尖的小平面，於她能算什麼東西呢？

我已經記不清那時怎樣地將我的純真熱烈的愛表示給她。豈但現在，那時的事後便已模糊，夜間回想，早只剩了一些斷片了；同居以後一兩月，便連這些斷片也化作無可追蹤的夢影。我只記得那時以前的十幾天，曾經很仔細地研究過表示的態度，排列過措辭的先後，以及倘或遭了拒絕以後的情形。可是臨時似乎都無用，在慌張中，身不由己地竟用了在電影上見過的方法了。後來一想到，就使我很愧恧，但

在記憶上卻偏只有這一點永遠留遺，至今還如暗室的孤燈一般，照見我含淚握著她的手，一條腿跪了下去……。

不但我自己的，便是了君的言語舉動，我那時就沒有看得分明；僅知道她已經允許我了。但也還彷彿記得她臉色變成青白，後來又漸漸轉作緋紅，──沒有見過，也沒有再見的緋紅；孩子似的眼裏射出悲喜，但是夾著驚疑的光，雖然力避我的視線，張惶地似乎要破窗飛去。然而我知道她已經允許我了，沒有知道她怎樣說或是沒有說。

她卻是什麼都記得：我的言辭，竟至於讀熟了的一般，能夠滔滔背誦；我的舉動，就如有一張我所看不見的影片掛在眼下，敘述得如生，很細微，自然連那使我不願再想的淺薄的電影的一閃。夜闌人靜，是相對溫習的時候了，我常是被質問，被考驗，並且被命復述當時的言語，然而常須由她補足，由她糾正，像一個丁等的學生。

這溫習後來也漸漸稀疏起來。但我只要看見她兩眼注視

空中，出神似的凝想著，於是神色越加柔和，笑窩也深下去，便知道她又在自修舊課了，只是我很怕她看到我那可笑的電影的一閃。但我又知道，她一定要看見，而且也非看不可的。

然而她並不覺得可笑。即使我自己以為可笑，甚而至於可鄙的，她也毫不以為可笑。這事我知道得很清楚，因為她愛我，是這樣地熱烈，這樣地純真。

去年的暮春是最為幸福，也是最為忙碌的時光。我的心平靜下去了，但又有別一部分和身體一同忙碌起來。我們這時才在路上同行，也到過幾回公園，最多的是尋住所。我覺得在路上時時遇到探索，譏笑，猥褻和輕蔑的眼光，一不小心，便使我的全身有些瑟縮，只得即刻提起我的驕傲和反抗來支持。她卻是大無畏的，對於這些全不關心，只是鎮靜地緩緩前行，坦然如入無人之境。

尋住所實在不是容易事，大半是被託辭拒絕，小半是我

們以為不相宜。——也非苛酷，因為看去大抵不像是我們的安身之所；後來，便只要他們能相容了。看了二十多處，這才得到可以暫且敷衍的處所，是吉兆胡同一所小屋裏的兩間南屋；主人是一個小官，然而倒是明白人，自住著正屋和廂房。他只有夫人和一個不到周歲的女孩子，雇一個鄉下的女工，只要孩子不啼哭，是極其安閒幽靜的。

　　我們的傢俱很簡單，但已經用去了我籌來的款子的大半；子君還賣掉了她唯一的金戒指和耳環。我攔阻她，還是定要賣，我也就不再堅持下去了；我知道不給她加入一點股份去，她是住不舒服的。

　　和她的叔子，她早經鬧開，至於使他氣憤到不再認她做侄女；我也陸續和幾個自以為忠告，其實是替我膽怯，或者竟是嫉妒的朋友絕了交。然而這倒很清靜。每日辦公散後，雖然已近黃昏，車夫又一定走得這樣慢，但究竟還有二人相

對的時候。我們先是沉默的相視，接著是放開而親密的交談，後來又是沉默。大家低頭沉思著，她的靈魂，卻並未想著什麼事。我也漸漸清醒地讀遍了她的身體，不過三星期，我似乎於她已經更加瞭解，揭去許多先前以為瞭解而現在看來卻是隔膜，即所謂真的隔膜了。

子君也逐日活潑起來。但她並不愛花，我在廟會時買來的兩盆小草花，四天不澆，枯死在壁角了，我又沒有照顧一切的閒暇。然而她愛動物，也許是從官太太那裏傳染的罷，不一月，我們的眷屬便驟然加得很多，四隻小油雞，在小院子裏和房主人的十多隻在一同走。但她們卻認識雞的相貌，各知道那一隻是自家的。還有一隻花白的叭兒狗，從廟會買來，記得似乎原有名字，子君卻給它另起了一個，叫作阿隨。我就叫它阿隨，但我不喜歡這名字。

這是真的，愛情必須時時更新，生長，創造。我和子君說起這，她也領會地點點頭。

唉唉，那是怎樣的寧靜而幸福的夜呵！

安寧和幸福是要凝固的，永久是這樣的安寧和幸福。我們在會館裏時，還偶有議論的衝突和意思的誤會，自從到吉兆胡同以來，連這一點也沒有了；我們只在燈下對坐的開舊譚中，回味那時衝突以後的和解的重生一般的樂趣。

子君竟胖了起來，臉色也紅活了；可惜的是忙。管了家務便連談天的工夫也沒有，何況讀書和散步。我們常說，我們總還得雇一個女工。

這就使我也一樣地不快活，傍晚回來，常見她包藏著不快活的顏色，尤其使我不樂的是她要裝作勉強的笑容。幸而探聽出來了，也還是和那小官太太的暗鬥，導火線便是兩家的小油雞。但又何必硬不告訴我呢？人總該有一個獨立的家庭。這樣的處所，是不能居住的。

我的路也鑄定了，每星期中的六天，是由家到局，又由

局到家。在局裏便坐在辦公桌前鈔，鈔些公文和信件；在家裏是和她相對或幫她生白爐子，煮飯，蒸饅頭。我的學會了煮飯，就在這時候。

但我的食品卻比在會館裏時好得多了。做菜雖不是子君的特長，然而她於此卻傾注著全力；對於她的日夜的操心，使我也不能不一同操心，來算作分甘共苦。況且她又這樣地終日汗流滿面，短髮都粘在腦額上；兩隻手又只是這樣地粗糙起來。

況且還要飼阿隨，飼油雞，……都是非她不可的工作。

我曾經忠告她：我不吃，倒也罷了；卻萬不可這樣地操勞。她只看了我一眼，不開口，神色卻似乎有點淒然；我也只好不開口。然而她還是這樣地操勞。

我所預期的打擊果然到來。雙十節的前一晚，我呆坐著，她在洗碗。聽到打門聲，我去開門時，是局裏的信差，

交給我一張油印的紙條。我就有些料到了，到燈下去一看，果然，印著的就是：

奉

　局長諭史涓生著毋庸到局辦事

　秘書處啓　十月九號

這在會館裏時，我就早已料到了；那雪花膏便是局長的兒子的賭友，一定要去添些謠言，設法報告的。到現在才發生效驗，已經要算是很晚的了。其實這在我不能算是一個打擊，因為我早就決定，可以給別人去鈔寫，或者教讀，或者雖然費力，也還可以譯點書，況且《自由之友》的總編輯便是見過幾次的熟人，兩月前還通通信。但我的心卻跳躍著。那麼一個無畏的子君也變了色，尤其使我痛心；她近來似乎也較為怯弱了。

「那算什麼。哼，我們幹新的。我們……。」她說。

她的話沒有說完；不知怎地，那聲音在我聽去卻只是浮的；燈光也覺得格外黯淡。人們真是可笑的動物，一點極微末的小事情，便會受著很深的影響。我們先是默默地相視，逐漸商量起來，終於決定將現有的錢竭力節省，一面登「小廣告」去尋求鈔寫和教讀，一面寫信給《自由之友》的總編輯，說明我目下的遭遇，請他收用我的譯本，給我幫一點艱辛時候的忙。

「說做，就做罷！來開一條新的路！」

我立刻轉身向了書案，推開盛香油的瓶子和醋碟，子君便送過那黯淡的燈來。我先擬廣告；其次是選定可譯的書，遷移以來未曾翻閱過，每本的頭上都滿漫著灰塵了；最後才寫信。

我很費躊躇，不知道怎樣措辭好，當停筆凝思的時候，轉眼去一瞥她的臉，在昏暗的燈光下，又很見得淒然。我真

不料這樣微細的小事情，竟會給堅決的，無畏的子君以這麼顯著的變化。她近來實在變得很怯弱了，但也並不是今夜才開始的。我的心因此更繚亂，忽然有安寧的生活的影像——會館裏的破屋的寂靜，在眼前一閃，剛剛想定睛凝視，卻又看見了昏暗的燈光。

許久之後，信也寫成了，是一封頗長的信；很覺得疲勞，彷彿近來自己也較為怯弱了。於是我們決定，廣告和發信，就在明日一同實行。大家不約而同地伸直了腰肢，在無言中，似乎又都感到彼此的堅忍倔強的精神，還看見從新萌芽起來的將來的希望。

外來的打擊其實倒是振作了我們的新精神。局裏的生活，原如鳥販子手裏的禽鳥一般，僅有一點小米維繫殘生，決不會肥胖；日子一久，只落得麻痺了翅子，即使放出籠外，早已不能奮飛。現在總算脫出這牢籠了，我從此要在新的開闊的天空中翱翔，趁我還未忘卻了我的翅子的扇動。

小廣告是一時自然不會發生效力的；但譯書也不是容易事，先前看過，以為已經懂得的，一動手，卻疑難百出了，進行得很慢。然而我決計努力地做，一本半新的字典，不到半月，邊上便有了一大片烏黑的指痕，這就證明著我的工作的切實。《自由之友》的總編輯曾經說過，他的刊物是決不會埋沒好稿子的。

可惜的是我沒有一間靜室，子君又沒有先前那麼幽靜，善於體帖了，屋子裏總是散亂著碗碟，彌漫著煤煙，使人不能安心做事，但是這自然還只能怨我自己無力置一間書齋。然而又加以阿隨，加以油雞。加以油雞們又大起來了，更容易成為兩家爭吵的引線。

加以每日的「川流不息」的吃飯；子君的功業，彷彿就完全建立在這吃飯中。吃了籌錢，籌來吃飯，還要餵阿隨，飼油雞；；她似乎將先前所知道的全都忘掉了，也不想到我的構思就常常為了這催促吃飯而打斷。即使在坐中給看一點怒

色，她總是不改變，仍然毫無感觸似的大嚼起來。

使她明白了我的工作不能受規定的吃飯的束縛，就費去五星期。她明白之後，大約很不高興罷，可是沒有說。我的工作果然從此較為迅速地進行，不久就共譯了五萬言，只要潤色一回，便可以和做好的兩篇小品，一同寄給《自由之友》去。只是吃飯卻依然給我苦惱。菜冷，是無妨的，然而竟不夠；有時連飯也不夠，雖然我因為終日坐在家裏用腦，飯量已經比先前要減少得多。這是先去餵了阿隨，有時還並那近來連自己也輕易不吃的羊肉。她說，阿隨實在瘦得太可憐，房東太太還因此嗤笑我們了，她受不住這樣的奚落。

於是吃我殘飯的便只有油雞們了。這是我積久才看出來的，但同時也如赫胥黎的論定「人類在宇宙間的位置」一般，自覺了我在這裏的位置：不過是叭兒狗和油雞之間。

後來，經多次的抗爭和催逼，油雞們也逐漸成為肴饌，

我們和阿隨都享用了十多日的鮮肥；可是其實都很瘦，因為它們早已每日只能得到幾粒高粱了。從此便清靜得多。只有子君很頹唐，似乎常覺得淒苦和無聊，至於不大願意開口。

我想，人是多麼容易改變呵！

但是阿隨也將留不住了。我們已經不能再希望從什麼地方會有來信，子君也早沒有一點食物可以引它打拱或直立起來。冬季又逼近得這麼快，火爐就要成為很大的問題；它的食量，在我們其實早是一個極易覺得的很重的負擔。於是連它也留不住了。

倘使插了草標到廟市去出賣，也許能得幾文錢罷，然而我們都不能，也不願這樣做。終於是用包袱蒙著頭，由我帶到西郊去放掉了，還要追上來，便推在一個並不很深的土坑裏。

我一回寓，覺得又清靜得多多了；但子君的淒慘的神色，卻使我很吃驚。那是沒有見過的神色，自然是為阿隨。

但又何至於此呢？我還沒有說起推在土坑裏的事。

到夜間，在她的淒慘的神色中，加上冰冷的分子了。

「奇怪。——子君，你怎麼今天這樣兒了？」我忍不住問。

「什麼？」她連看也不看我。

「你的臉色……。」

「沒有什麼，——什麼也沒有。」

我終於從她言動上看出，她大概已經認定我是一個忍心的人。

其實，我一個人，是容易生活的，雖然因為驕傲，向來不與世交來往，遷居以後，也疏遠了所有舊識的人，然而只要能遠走高飛，生路還寬廣得很。現在忍受著這生活壓迫的苦痛，大半倒是為她，便是放掉阿隨，也何嘗不如此。但子君的識見卻似乎只是淺薄起來，竟至於連這一點也想不到了。

我揀了一個機會，將這些道理暗示她；她領會似的點頭。然而看她後來的情形，她是沒有懂，或者是並不相信的。

天氣的冷和神情的冷，逼迫我不能在家庭中安身。但是，往那裏去呢？大道上，公園裏，雖然沒有冰冷的神情，冷風究竟也刺得人皮膚欲裂。我終於在通俗圖書館裏覓得了我的天堂。

那裏無須買票；閱書室裏又裝著兩個鐵火爐。縱使不過是燒著不死不活的煤的火爐，但單是看見裝著它，精神上也就總覺得有些溫暖。書卻無可看：舊的陳腐，新的是幾乎沒有的。

好在我到那裏去也並非為看書。另外時常還有幾個人，多則十餘人，都是單薄衣裳，正如我，各人看各人的書，作為取暖的口實。這於我尤為合式。道路上容易遇見熟人，得到輕蔑的一瞥，但此地卻決無那樣的橫禍，因為他們是永遠

圍在別的鐵爐旁，或者靠在自家的白爐邊的。

那裏雖然沒有書給我看，卻還有安閒容得我想。待到孤身枯坐，回憶從前，這才覺得大半年來，只為了愛，——盲目的愛，——而將別的人生的要義全盤疏忽了。第一，便是生活。人必生活著，愛才有所附麗。世界上並非沒有為了奮鬥者而開的活路；我也還未忘卻翅子的扇動，雖然比先前已經頹唐得多……。

屋子和讀者漸漸消失了，我看見怒濤中的漁夫，戰壕中的兵士，摩托車中的貴人，洋場上的投機家，深山密林中的豪傑，講臺上的教授，昏夜的運動者和深夜的偷兒……。子君，——不在近旁。她的勇氣都失掉了，只為著阿隨悲憤，為著做飯出神；然而奇怪的是倒也並不怎樣瘦損……。

冷了起來，火爐裏的不死不活的幾片硬煤，也終於燒盡了，已是閉館的時候。又須回到吉兆胡同，領略冰冷的顏色去了。近來也間或遇到溫暖的神情，但這卻反而增加我的苦

痛。記得有一夜，子君的眼裏忽而又發出久已不見的稚氣的光來，笑著和我談到還在會館時候的情形，時時又很帶些恐怖的神色。我知道我近來的超過她的冷漠，已經引起她的憂疑來，只得也勉力談笑，想給她一點慰藉。然而我的笑貌一上臉，我的話一出口，卻即刻變為空虛，這空虛又即刻發生反響，回向我的耳目裏，給我一個難堪的惡毒的冷嘲。

子君似乎也覺得的，從此便失掉了她往常的麻木似的鎮靜，雖然竭力掩飾，總還是時時露出憂疑的神色來，但對我卻溫和得多了。

我要明告她，但我還沒有敢，當決心要說的時候，看見她孩子一般的眼色，就使我只得暫且改作勉強的歡容。但是這又即刻來冷嘲我，並使我失卻那冷漠的鎮靜。

她從此又開始了往事的溫習和新的考驗，逼我做出許多虛偽的溫存的答案來，將溫存示給她，虛偽的草稿便寫在自

己的心上。我的心漸被這些草稿填滿了，常覺得難於呼吸。我在苦惱中常常想，說真實自然須有極大的勇氣的；假如沒有這勇氣，而苟安於虛偽，那也便是不能開闢新的生路的人。不獨不是這個，連這人也未嘗有！

子君有怨色，在早晨，極冷的早晨，這是從未見過的，但也許是從我看來的怨色。我那時冷冷地氣憤和暗笑了；她所磨練的思想和豁達無畏的言論，到底也還是一個空虛，而對於這空虛卻並未自覺。

她早已什麼書也不看，已不知道人的生活的第一著是求生，向著這求生的道路，是必須攜手同行，或奮身孤往的了，倘使只知道捶著一個人的衣角，那便是雖戰士也難於戰鬥，只得一同滅亡。

我覺得新的希望就只在我們的分離；她應該決然捨去，——我也突然想到她的死，然而立刻自責，懺悔了。幸而是早晨，時間正多，我可以說我的真實。我們的新的道路

的開闢，便在這一遭。

我和她閒談，故意地引起我們的往事，提到文藝，於是涉及外國的文人，文人的作品：《諾拉》，《海的女人》。稱揚諾拉的果決……。

也還是去年在會館的破屋裏講過的那些話，但現在已經變成空虛，從我的嘴傳入自己的耳中，時時疑心有一個隱形的壞孩子，在背後惡意地刻毒地學舌。

她還是點頭答應著傾聽，後來沉默了。我也就斷續地說完了我的話，連餘音都消失在虛空中了。

「是的。」她又沉默了一會，說，「但是，……涓生，我覺得你近來很兩樣了。可是的？你，——你老實告訴我。」

我覺得這似乎給了我當頭一擊，但也立即定了神，說出我的意見和主張來：新的路的開闢，新的生活的再造，為的是免得一同滅亡。臨末，我用了十分的決心，加上這幾句

話：

「……況且你已經可以無須顧慮，勇往直前了。你要我老實說；——是的，人是不該虛偽的。我老實說罷：因為，因為我已經不愛你了！但這於你倒好得多，因為你更可以毫無掛念地做事……。」

我同時預期著大的變故的到來，然而只有沉默。她臉色陡然變成灰黃，死了似的；瞬間便又蘇生，眼裏也發了稚氣的閃閃的光澤。這眼光射向四處，正如孩子在饑渴中尋求著慈愛的母親，但只在空中尋求，恐怖地迴避著我的眼。

我不能看下去了，幸而是早晨，我冒著寒風徑奔通俗圖書館。在那裏看見《自由之友》，我的小品文都登出了。這使我一驚，彷彿得了一點生氣。我想，生活的路還很多，——但是，現在這樣也還是不行的。

我開始去訪問久已不相聞問的熟人，但這也不過一兩

次；他們的屋子自然是暖和的，我在骨髓中卻覺得寒冽。夜間，便蜷伏在比冰還冷的冷屋中。

冰的針刺著我的靈魂，使我永遠苦於麻木的疼痛。生活的路還很多，我也還沒有忘卻翅子的扇動，我想。——我突然想到她的死，然而立刻自責，懺悔了。

在通俗圖書館裏往往瞥見一閃的光明，新的生路橫在前面。她勇猛地覺悟了，毅然走出這冰冷的家，而且，——毫無怨恨的神色。我便輕如行雲，漂浮空際，上有蔚藍的天，下是深山大海，廣廈高樓，戰場，摩托車，洋場，公館，晴明的鬧市，黑暗的夜……。

而且，真的，我預感得這新生面便要來到了。

我們總算度過了極難忍受的冬天，這北京的冬天；就如蜻蜓落在惡作劇的壞孩子的手裏一般，被繫著細線，盡情玩弄，虐待，雖然幸而沒有送掉性命，結果也還是躺在地上，

只爭著一個遲早之間。

寫給《自由之友》的總編輯已經有三封信，這才得到回信，信封裏只有兩張書券：兩角的和三角的。我卻單是催，就用了九分的郵票，一天的饑餓，又都白挨給於己一無所得的空虛了。

然而覺得要來的事，卻終於來到了。

這是冬春之交的事，風已沒有這麼冷，我也更久地在外面徘徊；待到回家，大概已經昏黑。就在這樣一個昏黑的晚上，我照常沒精打采地回來，一看見寓所的門，也照常更加喪氣，使腳步放得更緩。但終於走進自己的屋子裏了，沒有燈火；摸火柴點起來時，是異樣的寂寞和空虛！

正在錯愕中，官太太便到窗外來叫我出去。

「今天子君的父親來到這裏，將她接回去了。」她很簡單地說。

這似乎又不是意料中的事，我便如腦後受了一擊，無言地站著。

「她去了麼？」過了些時，我只問出這樣一句話。

「她去了。」

「她，——她可說什麼？」

「沒說什麼。單是托我見你回來時告訴你，說她去了。」

我不信；但是屋子裏是異樣的寂寞和空虛。我遍看各處，尋覓子君；只見幾件破舊而黯淡的傢俱，都顯得極其清疏，在證明著它們毫無隱匿一人一物的能力。我轉念尋信或她留下的字跡，也沒有；只是鹽和乾辣椒，麵粉，半株白菜，卻聚集在一處了，旁邊還有幾十枚銅元。

這是我們兩人生活材料的全副，現在她就鄭重地將這留給我一個人，在不言中，教我借此去維持較久的生活。

我似乎被周圍所排擠，奔到院子中間，有昏黑在我的周

圍；正屋的紙窗上映出明亮的燈光，他們正在逗著孩子玩笑。我的心也沉靜下來，覺得在沉重的迫壓中，漸漸隱約地現出脫走的路徑：深山大澤，洋場，電燈下的盛筵，壕溝，最黑最黑的深夜，利刃的一擊，毫無聲響的腳步……

心地有些輕鬆，舒展了，想到旅費，並且噓了一口氣。

躺著，在合著的眼前經過的預想的前途，不到半夜已經現盡；暗中忽然彷彿看見一堆食物，這之後，便浮出一個子君的灰黃的臉來，睜了孩子氣的眼睛，懇托似的看著我。我一定神，什麼也沒有了。

但我的心卻又覺得沉重。我為什麼偏不忍耐幾天，要這樣急急地告訴她真話的呢？現在她知道，她以後所有的只是她父親──兒女的債主──的烈日一般的嚴威和旁人的賽過冰霜的冷眼。此外便是虛空。負著虛空的重擔，在嚴威和冷眼中走著所謂人生的路，這是怎麼可怕的事呵！而況這路的

盡頭，又不過是──連墓碑也沒有的墳墓。

我不應該將真實說給子君，我應該永久奉獻她我的說謊。如果真實可以寶貴，這在子君就不該是一個沉重的空虛。謊語當然也是一個空虛，然而臨末，至多也不過這樣地沉重。

我以為將真實說給子君，她便可以毫無顧慮，堅決地毅然前行，一如我們將要同居時那樣。但這恐怕是我錯誤了。她愛我之後，就要負了這重擔，在嚴威和冷眼中走著所謂人生的路。

我沒有負著虛偽的重擔的勇氣，卻將真實的重擔卸給她了。

她愛我之後，就要負了這重擔，在嚴威和冷眼中走著所謂人生的路。

我想到她的死……。我看見我是一個卑怯者，應該被擯於強有力的人們，無論是真實者，虛偽者。然而她卻自始至終，還希望我維持較久的生活……。

我要離開吉兆胡同，在這裏是異樣的空虛和寂寞。我

想，只要離開這裏，子君便如還在我的身邊；至少，也如還在城中，有一天，將要出乎意表地訪我，像住在會館時候似的。

然而一切請托和書信，都是一無反響；我不得已，只好訪問一個久不問候的世交去了。他是我伯父的幼年的同窗，以正經出名的拔貢，寓京很久，交遊也廣闊的。

大概因為衣服的破舊罷，一登門便很遭門房的白眼。好容易才相見，也還相識，但是很冷落。我們的往事，他全都知道了。「自然，你也不能在這裏了，」他聽了我托他在別處覓事之後，冷冷地說，「但那裏去呢？很難。——你那，什麼呢，你的朋友罷，子君，你可知道，她死了。」

我驚得沒有話。

「真的？」我終於不自覺地問。

「哈哈。自然真的。我家的王升的家，就和她家同村。」

「但是，——不知道是怎麼死的？」

「誰知道呢。總之是死了就是了。」

我已經忘卻了怎樣辭別他；回到自己的寓所。我知道他是不說謊話的；子君總不會再來的了，像去年那樣。她雖是想在嚴威和冷眼中負著虛空的重擔來走所謂人生的路，也已經不能。她的命運，已經決定她在我所給與的真實——無愛的人間死滅了！

自然，我不能在這裏了；但是，「那裏去呢？」

四圍是廣大的空虛，還有死的寂靜。死於無愛的人們的眼前的黑暗，我彷彿一一看見，還聽得一切苦悶和絕望的掙扎的聲音。

我還期待著新的東西到來，無名的，意外的。但一天一天，無非是死的寂靜。

我比先前已經不大出門，只坐臥在廣大的空虛裏，一任

這死的寂靜侵蝕著我的靈魂。死的寂靜有時也自己戰慄，自己退藏，於是在這絕續之交，便閃出無名的，意外的，新的期待。

一天是陰沉的上午，太陽還不能從雲裏面掙扎出來；連空氣都疲乏著。耳中聽到細碎的步聲和咻咻的鼻息，使我睜開眼。大致一看，屋子裏還是空虛；但偶然看到地面，卻盤旋著一匹小小的動物，瘦弱的，半死的，滿身灰土的……。

我一細看，我的心就一停，接著便直跳起來。

那是阿隨。它回來了。

我的離開吉兆胡同，也不單是為了房主人們和他家女工的冷眼，大半就為著這阿隨。但是，「那裏去呢？」新的生路自然還很多，我約略知道，也間或依稀看見，覺得就在我面前，然而我還沒有知道跨進那裏去的第一步的方法。

經過許多回的思量和比較，也還只有會館是還能相容的地方。依然是這樣的破屋，這樣的板床，這樣的半枯的槐樹

和紫藤，但那時使我希望，歡欣，愛，生活的，卻全都逝去了，只有一個虛空，我用真實去換來的虛空存在。

新的生路還很多，我必須跨進去，因為我還活著。但我還不知道怎樣跨出那第一步。有時，彷彿看見那生路就像一條灰白的長蛇，自己蜿蜒地向我奔來，我等著，等著，看看臨近，但忽然便消失在黑暗裏了。

初春的夜，還是那麼長。長久的枯坐中記起上午在街頭所見的葬式，前面是紙人紙馬，後面是唱歌一般的哭聲。我現在已經知道他們的聰明了，這是多麼輕鬆簡截的事。

然而子君的葬式卻又在我的眼前，是獨自負著虛空的重擔，在灰白的長路上前行，而又即刻消失在周圍的嚴威和冷眼裏了。

我願意真有所謂鬼魂，真有所謂地獄，那麼，即使在孽風怒吼之中，我也將尋覓子君，當面說出我的悔恨和悲哀，

祈求她的饒恕；否則，地獄的毒焰將圍繞我，猛烈地燒盡我的悔恨和悲哀。

我將在孽風和毒焰中擁抱了君，乞她寬容，或者使她快意……。

但是，這卻更虛空於新的生路；現在所有的只是初春的夜，竟還是那麼長。我活著，我總得向著新的生路跨出去，那第一步，——卻不過是寫下我的悔恨和悲哀，為了子君，為了自己。

我仍然只有唱歌一般的哭聲，給子君送葬，葬在遺忘中。

我要遺忘；我為自己，並且要不再想到這用了遺忘給子君送葬。

我要向著新的生路跨進第一步去，我要將真實深深地藏在心的創傷中，默默地前行，用遺忘和說謊做我的前

導⋯⋯。

一九二五年十月二十一日畢

名家‧解讀

這是魯迅小說中的惟一一篇以男女青年愛情為題材的作品。不過，《傷逝》不只是歌頌了男女青年反對封建專制，爭取戀愛自由、婚姻自主的鬥爭，還深刻地描寫了知識份子心靈的歷程，提出了一個重要的社會問題：中國青年，特別是婦女，究竟怎樣才能從舊勢力壓迫下得到解放？因此，《傷逝》成為魯迅的啟蒙主義小說所達到的一個新的高峰。

子君曾經是一個嫻靜、溫存而又纖弱的姑娘，不慕名門，不求顯貴，她只渴望自由，渴望相互尊重的無邪的真情。她並不怎麼瞭解外界的生活，沒有經受過風雨的煆煉。

當一線光明照到她身上時候，她的心靈就呈現了異彩……她勇敢地反抗家庭、社會的束縛……這是「五四」時期一個覺醒了的中國少女的可愛形象。

涓生呢？他接受新思想比較早，也比較多，但是，仍然生活在寂寞和空虛之中，沒有真正說得上真正勇敢的行動和追求。

這本身就顯示了他身上有著當時小資產階級知識份子的怯弱……在和黑暗社會的最初交鋒裏，他就不如子君那樣勇敢、無畏和堅強……在冷酷現實的逼迫下，涓生暴露了他的個人主義的自私自利的思想……為了自己，他竟把子君送回了宗法社會那個大牢籠，子君終於含恨離開了人間。

子君死了，魯迅寫了涓生的內疚，悔恨，悲哀，同時也是對涓生行為的嚴厲譴責和批判。這種批判的深意在於，魯迅讓人們從涓生身上看到，年輕的知識份子不能再迷戀資產階級的個性解放了，不能再走個人奮鬥道路了。

這篇小說還具有深厚的抒情色彩，熱戀中的深情，新婚後的喜悅，失業打擊後的惶恐，感情瀕於破裂時的痛苦，終於分手後的絕望以及子君死後，涓生的悔恨和悲哀，都或隱或顯、或濃或淡地表現了出來。有時，如涓涓細流，有時如傾盆大雨。就這一點來看，《傷逝》也可以說是一篇感情濃郁的散文詩。

——趙遐秋《析魯迅的〈傷逝〉》

弟兄

公益局一向無公司辦，幾個辦事員在辦公室裏照例的談家務。久之，秦益堂捧著水煙筒咳得喘不過氣來，大家也只得住口。久之，他抬起紫漲著的臉來了，還是氣喘吁吁的，說：

「到昨天，他們又打起架來了，從堂屋一直打到門口。我怎麼喝也喝不住。」他生著幾根花白鬍子的嘴唇還抖著。

「老三說，老五折在公債票上的錢是不能開公賬的，應該自己賠出來⋯⋯。」

「你看，還是為錢，」張沛君就慷慨地從破的躺椅上站起來，兩眼在深眼眶裏慈愛地閃爍。「我真不解自家的弟兄

何必這樣斤斤計較，豈不是橫豎都一樣？……」

「像你們的弟兄，那裏有呢。」益堂說。

「我們就是不計較，彼此都一樣。我們就將錢財兩字不放在心上。這麼一來，什麼事也沒有了。有誰家鬧著要分的，我總是將我們的情形告訴他，勸他們不要計較。益翁也只要對令郎開導開導……。」

「那——裏……。」益堂搖頭說。

「這大概也怕不成。」汪月生說，於是恭敬地看著沛君的眼，「像你們的弟兄，實在是少有的；我沒有遇見過。你們簡直是誰也沒有一點自私自利的心思，這就不容易……。」

「他們一直從堂屋打到大門口……。」益堂說。

「令弟仍然是忙？……」月生問。

「還是一禮拜十八點鐘功課，外加九十三本作文，簡直忙不過來。這幾天可是請假了，身熱，大概是受了一點

寒……。」

「我看這倒該小心些，」月生鄭重地說。「今天的報上就說，現在時症流行……。」

「什麼時症呢？」沛君吃驚了，趕忙地問。

「那我可說不清了。記得是什麼熱罷。」

沛君邁開步就奔向閱報室去。

「真是少有的，」月生目送他飛奔出去之後，向著秦益堂讚歎著。「他們兩個人就像一個人。要是所有的弟兄都這樣，家裏那裏還會鬧亂子。我就學不來……。」

「說是折在公債票上的錢不能開公賬……。」益堂將紙煤子插在紙煤管子裏，恨恨地說。

辦公室中暫時的寂靜，不久就被沛君的步聲和叫聽差的聲音震破了。他彷彿已經有什麼大難臨頭似的，說話有些口吃了，聲音也發著抖。他叫聽差打電話給普悌思普大夫，請他即刻到同興公寓張沛君那裏去看病。

月生便知道他很著急，因為向來知道他雖然相信西醫，而進款不多，平時也節省，現在卻請的是這裏第一個有名而價貴的醫生。於是迎了出去，只見他臉色青青的站在外面聽聽差打電話。

「怎麼了？」

「報上說……說流行的是猩……猩紅熱。我午後來局的時候，靖甫就是滿臉通紅……。已經出門了麼？請……請他們打電話找，請他即刻來，同興公寓，同興公寓……。」

他聽聽差打完電話，便奔進辦公室，取了帽子。汪月生也代為著急，跟了進去。

「局長來時，請給我請假，說家裏有病人，看醫生……。」他胡亂點著頭，說。

「你去就是。局長也未必來。」月生說。

但是他似乎沒有聽到，已經奔出去了。

他到路上，已不再較量車價如平時一般，一看見一個稍微壯大，似乎能走的車夫，問過價錢，便一腳跨上車去，道，「好。只要給我快走！」

公寓卻如平時一般，很平安，寂靜；一個小夥計仍舊坐在門外拉胡琴。他走進他兄弟的臥室，覺得心跳得更利害，因為他臉上似乎見得更通紅了，而且發喘。他伸手去一摸他的頭，又熱得炙手。

「不知道是什麼病？不要緊罷？」靖甫問，眼裏發出憂疑的光，顯得他自己也覺得不尋常了。

「不要緊的，……傷風罷了。」他支吾著回答說。

他平時是專愛破除迷信的，但此時卻覺得靖甫的樣子和說話都有些不祥，彷彿病人自己就有了什麼預感。這思想更使他不安，立即走出，輕輕地叫了夥計，使他打電話去問醫院……可曾找到了普大夫？

「就是啦，就是啦。還沒有找到。」夥計在電話口邊

說。

沛君不但坐不穩了，這時連立也不穩了；但他在焦急中，卻忽而碰著了一條生路：也許並不是猩紅熱。然而普大夫沒有找到，……同寓的白問山雖然是中醫，或者於病名倒還能斷定的，但是他曾經對他說過好幾回攻擊中醫的話：況且追請普大夫的電話，他也許已經聽到了……。

然而他終於去請白問山。

白問山卻毫不介意，立刻戴起玳瑁邊墨晶眼鏡，同到靖甫的房裏來。他診過脈，在臉上端詳一回，又翻開衣服看了胸部，便從從容容地告辭。沛君跟在後面，一直到他的房裏。

他請沛君坐下，卻是不開口。

「問山兄，舍弟究竟是……？」他忍不住發問了。

「紅斑痧。你看他已經『見點』了。」

「那麼，不是猩紅熱？」沛君有些高興起來。

「他們西醫叫猩紅熱，我們中醫叫紅斑痧。」

這立刻使他手腳覺得發冷。

「可以醫麼?」他愁苦地問。

「可以。不過這也要看你們府上的家運。」

他已經糊塗得連白己也不知道怎樣竟請白問山開了藥方，從他房裏走出；但當經過電話機旁的時候，卻又記起普大夫來了。他仍然去問醫院，答說已經找到了，可是很忙，怕去得晚，須待明天早晨也說不定的。然而他還叮囑他要今天一定到。

他走進房去點起燈來看，靖甫的臉更覺得通紅了，的確還現出更紅的點子，眼瞼也浮腫起來。他坐著，卻似乎所坐的是針氈；在夜的漸就寂靜中，在他的翹望中，每一輛汽車的汽笛的呼嘯聲更使他聽得分明，有時竟無端疑為普大夫的汽車，跳起來去迎接。但是他還未走到門口，那汽車卻早經駛過去了；悵然地回身，經過院落時，見皓月已經西升，鄰

家的一株古槐，便投影地上，森森然更來加濃了他陰鬱的心地。

突然一聲烏鴉叫。這是他平日常常聽到的；那古槐上就有三四個烏鴉窠。但他現在卻嚇得幾乎站住了，心驚肉跳地輕輕地走進靖甫的房裏時，見他閉了眼躺著，滿臉彷彿都見得浮腫；但沒有睡，大概是聽到腳步聲了，忽然張開眼來，那兩道眼光在燈光中異樣地悽愴地發閃。

「信麼？」靖甫問。

「不，不。是我。」他吃驚，有些失措，吃吃地說，「是我。我想還是去請一個西醫來，好得快一點。他還沒有來⋯⋯。」

靖甫不答話，合了眼。他坐在窗前的書桌旁邊，一切都靜寂，只聽得病人的急促的呼吸聲，和鬧鐘的滴滴地作響。

忽而遠遠地有汽車的汽笛發響了，使他的心立刻緊張起來，聽它漸近，漸近，大概正到門口，要停下了罷，可是立刻聽

出，駛過去了。這樣的許多回，他知道了汽笛聲的各樣：：有如吹哨子的，有如擊鼓的，有如放屁的，有如狗叫的，有如鴨叫的，有如牛吼的，有如母雞驚啼的，有如嗚咽的……。

他忽而怨憤自己：：為什麼早不留心，知道，那普大夫的汽笛是怎樣的聲音的呢？對面的寓客還沒有回來，照例是看戲，或是打茶圍去了。但夜卻已經很深了，連汽車也逐漸地減少。強烈的銀白色的月光，照得紙窗發白。

他在等待的厭倦裏，身心的緊張慢慢地弛下來了，至於不再去留心那些汽笛。但凌亂的思緒，卻又乘機而起；他彷彿知道靖甫生的一定是猩紅熱，而且是不可救的。那麼，家計怎麼支持呢，靠自己一個？雖然住在小城裏，可是百物也昂貴起來了……。自己的三個孩子，他的兩個，養活尚且難，還能進學校去讀書麼？只給一兩個讀書呢，那自然是自己的康兒最聰明，——然而大家一定要批評，說是薄待了兄弟的孩子……。

後事怎麼辦呢，連買棺木的款子也不夠，怎麼能夠運回家，只好暫時寄頓在義莊裏……。

忽然遠遠地有一陣腳步聲進來，立刻使他跳起來了，走出房去，卻知道是對面的寓客。

「先帝爺，在白帝城……。」

他一聽到這低微高興的吟聲，便失望，憤怒，幾乎要奔上去叱罵他。但他接著又看見夥計提著風雨燈，燈光中照出後面跟著的皮鞋，上面的微明裏是一個高大的人，白臉孔，黑的絡腮鬍子。這正是普悌思。他像是得了寶貝一般，飛跑上去，將他領入病人的房中。兩人都站在床面前，他擎了洋燈，照著。

「先生，他發燒……。」沛君喘著說。

「什麼時候，起的？」普悌思兩手插在褲側的袋子裏，凝視著病人的臉，慢慢地問。

「前天。不，大……大大前天。」

普大夫不作聲，略略按一按脈，又叫沛君擎高了洋燈，照著他在病人的臉上端詳一回；又叫揭去被臥，解開衣服來給他看。看過之後，就伸出手指在肚子上去一摩。

「Measles……」普悌思低聲自言自語似的說。

「疹子麼？」他驚喜得聲音也似乎發抖了。

「疹子。」

「就是疹子？……」

「疹子。」

「你原來沒有出過疹子？……」

他高興地剛在問靖甫時，普大夫已經走向書桌那邊去了，於是也只得跟過去。只見他將一隻腳踏在椅子上，拉過桌上的一張信箋，從衣袋裏掏出一段很短的鉛筆，就桌上颼颼地寫了幾個難以看清的字，這就是藥方。

「怕藥房已經關了罷？」沛君接了方，問。

「明天不要緊。明天吃。」

「明天再看？……」

「不要再看了。酸的，辣的，太鹹的，不要吃。熱退了之後，拿小便，送到我的，醫院裏來，查一查，就是了。裝在，乾淨的，玻璃瓶裏；外面，寫上名字。」

普大夫且說且走，一面接了一張五元的鈔票塞入衣袋裏，一徑出去了。他送出去，看他上了車，開動了，然後轉身，剛進店門，只聽得背後 go go 的兩聲，他才知道普悌思的汽車的叫聲原來是牛吼似的。但現在是知道也沒有什麼用了，他想。

房子裏連燈光也顯得愉悅；沛君彷彿萬事都已做訖，周圍都很平安，心裏倒是空空洞洞的模樣。他將錢和藥方交給跟著進來的夥計，叫他明天一早到美亞藥房去買藥，因為這藥房是普大夫指定的，說惟獨這一家的藥品最可靠。

「東城的美亞藥房！一定得到那裏去。記住：美亞藥房！」他跟在出去的夥計後面，說。

院子裏滿是月色，白得如銀；「在白帝城」的鄰人已經睡覺了，一切都很幽靜。只有桌上的鬧鐘愉快而平勻地箾箾地作響；雖然聽到病人的呼吸，卻是很調和。他坐下不多久，忽又高興起來。

「你原來這麼大了，竟還沒有出過疹子？」他遇到了什麼奇跡似的，驚奇地問。

「……」

「你自己是不會記得的。須得問母親才知道。」

「……」

「母親又不住這裏。竟沒有出過疹子。哈哈哈！」

沛君在床上醒來時，朝陽已從紙窗上射人，刺著他朦朧的眼睛。但他卻不能即刻動彈，只覺得四肢無力，而且背上冷冰冰的還有許多汗，而且看見床前站著一個滿臉流血的孩子，自己正要去打她。

但這景象一刹那間便消失了，他還是獨自睡在自己的房裏，沒有一個別的人。他解下枕衣來拭去胸前和背上的冷汗，穿好衣服，走向靖甫的房裏去時，只見「在白帝城」的鄰人正在院子裏漱口，可見時候已經很不早了。

靖甫也醒著了，眼睜睜地躺在床上。

「藥還沒有來麼？」他立刻問。

「沒有。」

「好些？……。」

「今天怎樣？」他立刻問。

他便在書桌旁坐下，正對著眠床；看靖甫的臉，已沒有昨天那樣通紅了。但自己的頭卻還覺得昏昏的，夢的斷片，也同時閃閃爍爍地浮出：

——靖甫也正是這樣地躺著，但卻是一個死屍。他忙著收殮，獨自背了一口棺材，從大門外一逕背到堂屋裏去。地方彷彿是在家裏，看見許多熟識的人們在旁邊交口讚

頌……。

——他命令康兒和兩個弟妹進學校去了；卻還有兩個孩子哭嚷著要跟去。他已經被哭嚷的聲音纏得發煩，但同時也覺得自己有了最高的威權和極大的力。他看見自己的手掌比平常大了三四倍，鐵鑄似的，向荷生的臉上一掌批過去……。

他因為這些夢跡的襲擊，怕得想站起來，走出房外去，但終於沒有動。也想將這些夢跡壓下，忘卻，但這些卻像攪在水裏的鵝毛一般，轉了幾個圈，終於非浮上來不可……

——荷生滿臉是血，哭著進來了。他跳在神堂上……。那孩子後面還跟著一群相識和不相識的人。他知道他們是都來攻擊他的……。

——「我決不至於昧了良心。你們不要受孩子的誑話的騙……。」他聽得自己這樣說。

——荷生就在他身邊，他又舉起了手掌……。

他忽而清醒了，覺得很疲勞，背上似乎還有些冷。靖甫

靜靜地躺在對面，呼吸雖然急促，卻是很調勻。桌上的鬧鐘

似乎更用了大聲箚箚地作響。他旋轉身子去，對了書桌，只

見蒙著一層塵，再轉臉去看紙窗，掛著的日曆上，寫著兩個

漆黑的隸書：廿七。

夥計送藥進來了，還拿著一包書。

「什麼？」靖甫睜開了眼睛，問。

「藥。」他也從惝恍中覺醒，回答說。

「不，那一包。」

「先不管它。吃藥罷。」他給靖甫服了藥，這才拿起那

包書來看，道，「索士寄來的。一定是你向他去借的那一

本：《Sesame and Lilies》。」

靖甫伸手要過書去，但只將書面一看，書脊上的金字一

摩，便放在枕邊，默默地合上眼睛了。過了一會，高興地低

聲說：

「等我好起來，譯一點寄到文化書館去賣幾個錢，不知道他們可要……。」

這一天，沛君到公益局比平日遲得多，將要下午了；辦公室裏已經充滿了秦益堂的水煙的煙霧。汪月生遠遠地望見，便迎出來。

「嚄！來了。令弟痊癒了罷？我想，這是不要緊的；時症年年有，沒有什麼要緊。我和益翁正惦記著呢；都說：怎麼還不見來？現在來了，好了！但是，你看，你臉上的氣色，多少……。是的，和昨天多少兩樣。」

沛君也彷彿覺得這辦公室和同事都和昨天有些兩樣，生疏了。雖然一切也還是他曾經看慣的東西：斷了的衣鉤，缺口的唾壺，雜亂而塵封的案卷，折足的破躺椅，坐在躺椅上捧著水煙筒咳嗽而且搖頭歎氣的秦益堂……。

「他們也還是一直從堂屋打到大門口……。」

「所以呀，」月生一面回答他，「我說你該將沛兄的事講給他們，教他們學學他。要不然，真要把你老頭兒氣死了……。」

「老三說，老五折在公債票上的錢是不能算公用的，應該……應該……。」益堂咳得彎下腰去了。

「真是『人心不同』……。」月生說著，便轉臉向了沛君，「那麼，令弟沒有什麼？」

「沒有什麼。醫生說是疹子。」

「疹子？是呵，現在外面孩子們正鬧著疹子。我的同院住著的三個孩子也都出了疹子了。那是毫不要緊的。但你看，你昨天竟急得那麼樣，叫旁人看了也不能不感動，這真所謂『兄弟怡怡』。」

「昨天局長到了局沒有？」

「還是『杳如黃鶴』。你去簿子上補畫上一個『到』就是了。」

「說是應該自己賠。」益堂自言自語地說。

「這公債票也真害人，我也是一點也莫名其妙。你一沾手就上當。到昨天，到晚上，也還是從堂屋一直打到大門口。老三多兩個孩子上學，老五也說他多用了公眾的錢，氣不過⋯⋯。」

「這真是愈加鬧不清了！」月生失望似的說。

「所以看見你們弟兄，沛君，我真是『五體投地』。是的，我敢說，這決不是當面恭維的話。」

沛君不開口，望見聽差的送進一件公文來，便迎上去接在手裏。月生也跟過去，就在他手裏看著，念道：「『公民郝上善等呈：東郊倒斃無名男屍一具請飭分局速行撥棺抬埋以資衛生而重公益巾』。我來辦。你還是早點回去罷，你一定惦記著令弟的病。你們真是「北鶺鴒在原」⋯⋯。」

「不！」他不放手，「我來辦。」

月生也就不再去搶著辦了。沛君便十分安心似的沉靜地

走到自己的桌前，看著呈文，一面伸手去揭開了綠鏽斑斕的墨水匣蓋。

一九二五年十一月三日

名家‧解讀

魯迅在《狂人日記》中寫了一對親兄弟。他們的關係被描寫成吃人者與被吃者的關係——「意在暴露家族制度和禮教的弊害」。時隔七年多，魯迅在《兄弟》中又寫了一對親兄弟，一反吃人與被吃的關係，「他們兩個人就像一個人」似的融洽，真所謂「兄弟怡怡」了。這樣的家庭還有什麼弊害可言呢？似乎是找到了挽救這種家庭制度的靈丹妙藥。但魯迅在小說中設計了一個「假想敵」——猩紅熱，從而使這個「鶺鴒在原」的家庭失去了平衡感。魯迅再一次告訴我

們，中國「聖人之徒」宣導的家庭制度，已不以人們意志為轉移地進入了「彌留」階段，病入膏肓，藥石失靈，壽終正寢之期不遠矣。但《狂人日記》和《弟兄》的著眼點畢竟不同。前者從意識形態的角度提示其殘酷性，而後者是從經濟實利的角度提示其自私性。

在《兄弟》中，作家向我們介紹了兩個家庭。一個是正面描寫的沛君弟弟和悅的家庭，另一個是側面勾勒的秦益堂的打鬥的家庭。這兩個家庭形成了鮮明的對比。可是作家告訴我們，它們的實質是相近的，其差別在於秦益堂的家庭是青天白日從堂屋一直打到大門口，而沛君的家庭是在夢中打，打得滿臉是血。

作家用一個別開生面的結尾：聽差送來一件公文，要求公益局分局掩埋無名倒斃的男屍一具。這是一個沒有家庭，也沒有兄弟的孑然一身的孤魂龍？但那男屍如果還會說話的話，他恐怕會對張沛君和秦益堂說：幸虧我沒有家庭，幸虧

我沒有兄弟。如果他有秦益堂一樣的家庭，在他的屍體旁，會有兄弟幾個打得不可開交，有誰會想到去葬殮他的屍體？如果他有沛君一樣的兄長，屍骨未寒，他的兒子可能被打得滿臉是血。他寧可「赤條條來去無牽掛」。至少還有一個名不符實的公益局來掩埋，而且屍體旁沒有傾軋和爭鬥。至此，魯迅對中國舊的家庭制度的憤慨的抨擊，已淋漓盡致地表達出來了。

　　——范伯群、曾華鵬《慈愛者的隱潛的自私》

離婚

「阿阿，木叔！新年恭喜，發財發財！」

「你好，八三！恭喜恭喜！……」

「唉唉，恭喜！愛姑也在這裏……」

「阿阿，木公公！……」

莊木三和他的女兒——愛姑——剛從木蓮橋頭跨下航船去，船裏面就有許多聲音一齊嗡的叫了起來，其中還有幾個人捏著拳頭打拱；同時，船旁的坐板也空出四人的坐位來了。莊木三一面招呼，一面就坐，將長煙管倚在船邊；愛姑便坐在他左邊，將兩隻鉤刀樣的腳正對著八三擺成一個

「八」字。

「木公上城去？」一個蟹殼臉似的問。

「不上城，」木公有些頹唐似的，但因為紫糖色臉上原有許多皺紋，所以倒也看不出什麼大變化，「就是到龐莊去走一遭。」

合船都沉默了，只是看他們。

「也還是為了愛姑的事麼？」好一會，八三質問了。

「還是為她。……這真是煩死我了，已經鬧了整三年，打過多少回架，說過多少回和，總是不落局……。」

「這回還是到慰老爺家裏去？……」

「還是到他家。他給他們說和也不止一兩回了，我都不依。這倒沒有什麼。這回是他家新年會親，連城裏的七大人也在……。」

「七大人？」八三的眼睛睜大了。「他老人家也出來說話了麼？……那是……。其實呢，去年我們將他們的灶都拆

掉了，總算已經出了一口惡氣。況且愛姑回到那邊去，其實呢，也沒有什麼味兒……。」他於是順下眼睛去。

「我倒並不貪圖回到那邊去，八三哥！」愛姑憤憤地昂起頭，說，「我是賭氣。你想，『小畜生』姘上了小寡婦，就不要我，事情有這麼容易的？『老畜生』只知道幫兒子，也不要我，好容易呀！七大人怎樣？難道和知縣大老爺換帖，就不說人話了麼？他不能像慰老爺似的不通，只說是『走散好走散好』。我倒要對他說說我這幾年的艱難，且看七大人說誰不錯！」

八三被說服了，冉開不得口。只有潺潺的船頭激水聲；船裏很靜寂。莊木三伸手去摸煙管，裝上煙。斜對面，挨八三坐著的一個胖子便從肚兜裏掏出一柄打火刀，打著火絨，給他按在煙斗上。

「對對。」木三點頭說。

「我們雖然是初會，木叔的名字卻是早已知道的。」胖

子恭敬地說。「是的，這裏沿海三六十八村，誰不知道？施家的兒子娶上了寡婦，我們也早知道。去年木叔帶了六位兒子去拆平了他家的灶，誰不說應該？……你老人家是高門大戶都走得進的，腳步開闊，怕他們甚的！……」

「你這位阿叔真通氣。」愛姑高興地說，「我雖然不認識你這位阿叔是誰。」

「我叫汪得貴。」胖子連忙說。

「要撇掉我，是不行的。七大人也好，八大人也好。我總要鬧得他們家敗人亡！慰老爺不是勸過我四回麼？連爹也看得賠貼的錢有點頭昏眼熱了……。」

「你這媽的！」木三低聲說。

「可是我聽說去年底施家送給慰老爺一桌酒席哩，八公公。」蟹殼臉道。

「那不礙事。」汪得貴說，「酒席能塞得人發昏麼？酒席如果能塞得人發昏，送大菜又怎樣？他們知書識理的人是

專替人家講公道話的，譬如，一個人受眾人欺侮，他們就出來講公道話，倒不在乎有沒有酒喝。去年年底我們敝村的榮大爺從北京回來，他見過大場面的，不像我們鄉下人一樣。他就說，那邊的第一個人物要算光太太，又硬……。」

「汪家匯頭的客人上岸哩！」船家大聲叫著，船已經要停下來。

「有我有我！」胖子立刻一把取了煙管，從中艙一跳，隨著前進的船走在岸上了。「對對！」他還向船裏面的人點頭，說。

船便在新的靜寂中繼續前進；水聲又很聽得出了，潺潺的。八三開始打磕睡了，漸漸地向對面的鉤刀式的腳張開了嘴。前艙中的兩個老女人也低聲哼起佛號來，她們擷著念珠，又都看愛姑，而且互視，努嘴，點頭。

愛姑瞪著眼看定篷頂，大半正在懸想將來怎樣鬧得他們家敗人亡；『老畜生』，『小畜生』，全都走投無路。慰老

爺她是不放在眼裏的，見過兩回，不過一個頭團腦的矮子：這種人本村裏就很多，無非臉色比他紫黑些。

莊木三的煙早已吸到底，火逼得斗底裏的煙油吱吱地叫了，還吸著。他知道一過汪家匯頭，就到龐莊；而且那村口的魁星閣也確乎已經望得見。龐莊，他到過許多回，不足道的，以及慰老爺。他還記得女兒的哭回來，他的親家和女婿的可惡，後來給他們怎樣地吃虧。

想到這裏，過去的情景便在眼前展開，一到懲治他親家這一局，他向來是要冷冷地微笑的，但這回卻不，不知怎的忽而橫梗著一個胖胖的七大人，將他腦裏的局面擠得擺不整齊了。

船在繼續的寂靜中繼續前進；獨有念佛聲卻宏大起來；此外一切，都似乎陪著木叔和愛姑一同浸在沉思裏。

「木叔，你老上岸罷，龐莊到了。」

木三他們被船家的聲音警覺時，面前已是魁星閣了。

他跳上岸，愛姑跟著，經過魁星閣下，向著慰老爺家走。朝南走過三十家門面，再轉一個彎，就到了，早望見門口一列地泊著四隻烏篷船。

他們跨進黑油大門時，便被邀進門房去；大門後已經坐滿著兩桌船夫和長年。愛姑不敢看他們，只是溜了一眼，倒也並不見有『老畜生』和『小畜生』的蹤跡。

當工人搬出年糕湯來時，愛姑不由得越加局促不安起來了，連自己也不明白為什麼。「難道和知縣大老爺換帖，就不說人話麼？」她想。「知書識理的人是講公道話的。我要細細地對七大人說一說，從十五歲嫁過去做媳婦的時候起……。」

她喝完年糕湯；知道時機將到。果然，不一會，她已經跟著一個長年，和她父親經過大廳，又一彎，跨進客廳的門檻去了。

客廳裏有許多東西，她不及細看；還有許多客，只見紅

青緞子馬掛發閃。在這些中間第一眼就看見一個人，這一定是七大人了。雖然也是團頭團腦，卻比慰老爺們魁梧得多；大的圓臉上長著兩條細眼和漆黑的細鬍鬚；頭頂是禿的，可是那腦殼和臉都很紅潤，油光光地發亮。愛姑很覺得稀奇，但也立刻自己解釋明白了：那一定是擦著豬油的。

「這就是『屁塞』，就是古人大殮的時候塞在屁股眼裏的。」七大人正拿著一條爛石似的東西，說著，又在自己的鼻子旁擦了兩擦，接著道，「可惜是『新坑』。倒也可以買得，至遲是漢。你看，這一點是『水銀浸』……。」

「水銀浸」周圍即刻聚集了幾個頭，一個自然是慰老爺；還有幾位少爺們，因為被威光壓得像瘟臭蟲了，愛姑先前竟沒有見。

她不懂後一段話；無意，而且也不敢去研究什麼「水銀浸」，便偷空向四處一看望，只見她後面，緊挨著門旁的牆壁，正站著『老畜生』和『小畜生』。雖然只一瞥，但較之

半年前偶然看見的時候，分明都見得蒼老了。

接著大家就都從「水銀浸」周圍散開；慰老爺接過「屁塞」，坐下，用指頭摩挲著，轉臉向莊木三說話。

「就是你們兩個麼？」

「是的。」

「你的兒子一個也沒有來？」

「他們沒有工夫。」

「本來新年正月又何必來勞動你們。但是，還是只為那件事，……我想，你們也鬧得夠了。不是已經有兩年多了麼？我想，冤仇是宜解不宜結的。愛姑既然丈夫不對，公婆不喜歡……。也還是照先前說過那樣：走散的好。我沒有這麼大面子，說不通。七大人是最愛講公道話的，你們也知道。現在七大人的意思也這樣：和我一樣。可是七大人說，兩面都認點晦氣罷，叫施家再添十塊錢：九十元！」

「…………」

「九十元！你就是打官司打到皇帝伯伯跟前，也沒有這麼便宜。這話只有我們的七大人肯說。」

七大人睜起細眼，看著莊木三，點點頭。愛姑覺得事情有些危急了，她很怪平時沿海的居民對他都有幾分懼怕的自己的父親，為什麼在這裏竟說不出話。她以為這是大可不必的；她自從聽到七大人的一段議論之後，雖不很懂，但不知怎的總覺得他其實是和藹近人，並不如先前自己所揣想那樣的可怕。

「七大人是知書識理，頂明白的；」她勇敢起來了。「不像我們鄉下人。我是有冤無處訴；倒正要找七大人講。自從我嫁過去，真是低頭進，低頭出，一禮不缺。他們就是專和我作對，一個個都像個『氣殺鍾馗』。那年的黃鼠狼咬死了那匹大公雞，那裏是我沒有關好嗎？那隻殺頭癩皮狗偷吃糠拌飯，拱開了雞櫥門。那『小畜生』不分青紅皂白，就夾臉一嘴巴⋯⋯。」

七大人對她看了一眼。

「我知道那是有緣故的。這也逃不出七大人的明鑒；知書識理的人什麼都知道。他就是著了那濫婊子的迷，要趕我出去。我是三茶六禮定來的，花轎抬來的呵！那麼容易嗎？……我一定要給他們一個顏色看，就是打官司也不要緊。縣裏不行，還有府裏呢……」

「那些事是七大人都知道的。」慰老爺仰起臉來說。

「愛姑，你要是不轉頭，沒有什麼便宜的。你就總是這模樣。你看你的爹多少明白；你和你的弟兄都不像他。打官司打到府裏，難道官府就不會問問七大人麼？那時候是，『公事公辦』，那是，……你簡直……。」

「那我就拚出一條命，大家家敗人亡。」

「那倒並不是拚命的事，」七大人這才慢慢地說了。「年紀青青。一個人總要和氣些：『和氣生財』。對不對？我一添就是十塊，那簡直已經是『天外道理』了。要不然，

公婆說『走！』就得走。莫說府裏，就是上海北京，就是外洋，都這樣。你要不信，他就是剛從北京洋學堂裏回來的，自己問他去。」於是轉臉向著一個尖下巴的少爺道，「對不對？」

「的的確確。」尖下巴少爺趕忙挺直身子，必恭必敬地低聲說。

愛姑覺得自己是完全孤立了；爹不說話，弟兄不敢來，連尖下巴少爺也慰老爺是原本幫他們的，七大人又不可靠，連尖下巴少爺也低聲下氣地像一個瘟臭蟲，還打「順風鑼」。但她在糊裡糊塗的腦中，還彷彿決定要作一回最後的奮鬥。

「怎麼連七大人……。」她滿眼發了驚疑和失望的光。

「是的……。我知道，我們粗人，什麼也不知道。就怨我爹連人情世故都不知道，老發昏了。就專憑他們『老畜生』『小畜生』擺佈；他們會報喪似的急急忙忙鑽狗洞，巴結人……。」

「七大人看看，」默默地站在她後面的『小畜生』忽然
說話了。「她在大人面前還是這樣。那在家裏是，簡直鬧得
六畜不安。叫我爹是『老畜生』，叫我是口口聲聲『小畜
生』，『逃生子』。」

「那個『娘濫十十萬人生』的叫你『逃生子』？」愛姑
回轉臉去大聲說，便又向著七大人道，「我還有話要當大眾
面前說說哩。他那裏有好聲好氣呵，開口『賤胎』，閉口
『娘殺』。自從結識了那婊子，連我的祖宗都入起來了。七
大人，你給我批評批評，這……。」她打了一個寒噤，連忙
住口，因為她看見七大人忽然兩眼向上一翻，圓臉一仰，細
長鬍子圍著的嘴裏同時發出一種高大搖曳的聲音來了。

「來——兮！」七大人說。

她覺得心臟一停，接著便突突地亂跳，似乎大勢已去，
局面都變了；彷彿失足掉在水裏一般，但又知道這實在是自
己錯。立刻進來一個藍袍子黑背心的男人，對七大人站定，

垂手挺腰，像一根木棍。

全客廳裏是「鴉雀無聲」。七大人將嘴一動，但誰也聽不清說什麼。然而那男人，卻已經聽到了，而且這命令的力量彷彿又已鑽進了他的骨髓裏，將身子牽了兩牽，「毛骨悚然」似的；一面答應道：「是。」他倒退了幾步，才翻身走出去。

愛姑知道意外事情就要到來，那事情是萬料不到，也防不了的。

她這時才又知道七大人實在威嚴，先前都是自己的誤解，所以太放肆，太粗鹵了。她非常後悔，不由的自己說：

「我本來是專聽七大人吩咐……。」

全客廳裏是「鴉雀無聲」。她的話雖然微細得如絲，慰老爺卻像聽到霹靂似的了；他跳了起來。

「對呀！七大人也真公平；愛姑也真明白！」

他誇讚著，便向莊木三，「老木，那你自然是沒有什麼

說的了，她自己已經答應。我想你紅綠帖是一定已經帶來了的，我通知過你。那麼，大家都拿出來……。」

愛姑見她爹便伸手到肚兜裏去掏東西；木棍似的那男人也進來了，將小烏龜模樣的一個漆黑的扁的小東西遞給七大人。愛姑怕事情有變故，連忙去看莊木三，見他已經在茶几上打開一個藍布包裹，取出洋錢來。

七大人也將小烏龜頭拔下，從那身子裏倒一點東西在掌心上；木棍似的男人便接了那扁東西去。七大人隨即用那一隻手的一個指頭蘸著掌心，向自己的鼻孔裏塞了兩塞，鼻孔和人中立刻黃焦焦了。他皺著鼻子，似乎要打噴嚏。

莊木三正在數洋錢。慰老爺從那沒有數過的一疊裏取出一點來，交還了『老畜生』；又將兩份紅綠帖子互換了地方，推給兩面，嘴裏說道：「你們都收好。老木，你要點清數目呀。這不是好當玩意兒的，銀錢事情……。」

「呃啾」的一聲響，愛姑明知道是七大人打噴嚏了，但

不由得轉過眼去看。只見七大人張著嘴，仍舊在那裏皺著鼻子，一隻手的兩個指頭卻撮著一件東西，就是那「古人大殮的時候候塞在屁股眼裏的」，在鼻子旁邊摩擦著。

好容易，莊木三點清了洋錢；兩方面各將紅綠帖子收起，大家的腰骨都似乎直得多，原先收緊著的臉相也寬懈下來，全客廳頓然見得一團和氣了。

「好！事情是圓功了。」慰老爺看見他們兩面都顯出告別的神氣，便吐一口氣，說。「那麼，嗡，再沒有什麼別的了。恭喜大吉，總算解了一個結。你們要走了麼？不要走，在我們家裏喝了新年喜酒去：這是難得的。」

「我們不喝了。存著，明年再來喝罷。」愛姑說。

「謝謝慰老爺。我們不喝了。我們還有事情⋯⋯。」莊木三，『老畜生』和『小畜生』，都說著，恭恭敬敬地退出去。

「唔？怎麼？不喝一點去麼？」慰老爺還注視著走在最

後的愛姑，說。

「是的，不喝了。謝謝慰老爺。」

一九二五年十一月六日

名家·解讀

這裏的女主人公愛姑，具有和祥林嫂完全不同的性格，她大膽，潑辣，能幹，頗有點天不怕、地不怕的樣子。丈夫「姘上了小寡婦」而要拋棄她，她就整整鬧了三年。她把丈夫叫『小畜生』，把公公叫『老畜生』，別人也奈何不得。然而，就這樣一個愛姑，卻在一場正義的維護自己切身利益的鬥爭中失敗了。作品著重描寫了愛姑會見七大人時有幻想，到後來在他的威嚴面前感受到極大壓力終於屈服的全部心理活動過程。七大人玩「屁塞」，吸鼻煙，擺出「和知縣

大老爺換過帖」的架勢，這些都是愛姑聞所未聞的，使她感到莫測高深。在這種精神壓力下，愛姑由勇於爭持轉為心慌意亂，由優勢轉為劣勢。

小說表明，是封建勢力的過分強大和小生產者本身的弱點，決定了愛姑的反抗鬥爭落入敗局。作者嚴格地按照生活本身的邏輯，令人信服地寫出了這一發展過程，堅決摒棄了舊文學裏那種「愛之欲其生，惡之欲其死」的主觀主義方法，承認生活的複雜性，做到了「愛而知其醜，憎而知其威」。這是一種尊重客觀生活的真正的唯物主義態度。現實主義創作方法只有和這種唯物主義態度緊密聯繫在一起，才能建立在較為堅實可靠的基礎上面。這也就是前期魯迅現實主義的最可珍貴的特色。

　　　　——嚴家炎《魯迅小說的歷史地位》

《阿 Q 正傳》及魯迅創作的藝術

蘇雪林

誰都知道魯迅是新文學界的老資格，過去十年內曾執過文壇牛耳，用不著我再來介紹。關於他作品的批評，雖不說汗牛充棟，著實也出過幾本冊子，更用不著我再來饒舌。不過好書不厭百回讀，好文字也不厭百回評，只要各人有各人自己的意見，就說淺薄，也不妨傾吐一下。

閒話少說，我現在就來著手我的評論。魯迅的創作小說並不多，《吶喊》和《彷徨》是他五四時代到於今的收穫。兩本，僅僅的兩本，但已經使他在將來中國文學史上占到永久的地位了。他的《吶喊》出版於一九二三年，共收文

字十四篇，其中〈一件小事〉、〈頭髮的故事〉體裁屬於雜感，〈兔和貓〉、〈鴨的喜劇〉體裁屬於小品，惟〈風波〉、〈阿Q正傳〉才得稱為真正的短篇小說。

在這十四篇文字中，〈阿Q正傳〉可算是魯迅的代表作。聽說已經翻譯為好幾國文字，與世界名著分庭抗禮，博得不少國際的光榮。最早批評這篇文字的人有周作人、胡適、陳西瀅、沈雁冰等。又有人將它編成戲劇。現在「阿Q」二字還說在人們口頭，寫在人們筆下，評論文字若著意收集起來，不下數百則。自新文學發生以來，像〈阿Q正傳〉魔力之大的，還找不出第二例子呢！

〈阿Q正傳〉這樣打動人心，這樣傾倒一世，究竟是什麼緣故？說是為了它描寫一個鄉下無賴漢寫得太像了麼，這樣文字現在也有，何以偏讓它出名？說是文筆輕鬆滑稽，令人發笑麼，為什麼人們不去讀《笑林廣記》，偏愛讀〈阿Q正傳〉？告訴你理由吧，〈阿Q正傳〉不單單以刻畫鄉下無

賴漢為能事，其中實影射中國民族普遍的劣根性。

〈阿 Q 正傳〉也不單單教人笑，其中實包蘊著一種嚴肅的意義。〈阿 Q 正傳〉所影射中國民族的劣根性論者已多，但從沒有具體的介紹。因為這篇文字涵意深，譬喻靈活，指實一端而遺其餘固不可，刻舟膠柱將活的變成死的尤其不可。所以無人願意嘗試。但這篇文字如此膾炙人口，到今沒有具體的解釋，究竟有些悶人。這就是我現在不揣冒昧寫這一篇《〈阿 Q 正傳〉講義》的動機。

我以為〈阿 Q 正傳〉所影射中國民族的劣根性，種類雖多，舉舉大端，則有下列數種：

⑴卑怯——阿 Q 最喜與人吵嘴打架，但必估量對手。口訥的他便罵，氣力小的他便打。與王胡打架輸了時，便說君子動口不動手，假洋鬼子哭喪棒子才舉起來，他已伸出頭顱以待了。對抵抗力稍微薄弱的小 D，則揎拳擄臂擺出挑戰的態度，對毫無抵抗力的小尼姑則動手動腳，大肆其輕薄。都

是他卑怯天性的表現。

徐旭生氣魯迅討論中國人的民族性，結果說，中國人的大毛病是聽天任命與中庸，這毛病大約是由惰性而來的。魯迅回答他道：這不是由於惰性，是由於卑怯性。「遇見強者不敢反抗，便以中庸這些話來聊以自慰，倘他有了權力別人奈何他不得時，則凶殘橫恣，宛然如一暴君，做事並不中庸。」

(2) 精神勝利法——阿Q與人家打架吃虧時，心裡就想道：「我總算被兒子打了。現在世界真不像樣，兒子居然打起老子來了。」於是他也心滿意足，儼如得勝地回去了。

中國人的精神勝利法發明固然很早，後來與異族周旋失敗，這方法便更被充分的利用。這裡我可以舉出許多歷史例子來：一代民族代表人受異族迫害之酷毒莫過於宋，而精神勝利法亦以宋以後為盛。

(3) 善於投機——阿Q本來痛恨革命。等到辛亥革命大潮

流震盪到未莊，趙太爺父子都盤起辮子贊成革命，阿Q看得眼熱，也想做起革命黨來了。但阿Q革命的目的，不過為了他自己的利益，於革命意義，實係毫沒有了解。所以一為假洋鬼子所拒斥，就想到衙門裡去告他謀反的罪名，好讓他滿門抄斬。

善於投機似乎成為中國民族劣根性之一，不惟明清之末如此，現在又何嘗不如此。每次革命起來，最先附和的總是從前反革命最出力的人，而後來革命事業便逐漸腐化於這些病菌滋生之中。不過我們診斷這種民族劣根性，要看它是先天的，還是後天的。是先天的便無可救藥；是後天的則還有拔除的希望。

(4)誇大狂與自尊癖性——阿Q雖是極卑微的人物，而未莊人全不在他眼裡，甚至趙太爺的兒子進了學，阿Q在精神上也不表示尊崇，以為我的兒子將比他闊得多。加之進了幾回城，更覺自負。「但為了城裡油煎大頭魚的加蔥法和條凳

的稱呼異於未莊，他又瞧不起城裡人了。」

具有誇大與自尊癖性的人，也最容易變成過分的謙遜與自輕自賤。阿Q被宋莊閒人揪住辮子在牆上碰頭，而且要他自認為「人打畜生」時，他就說：「打蟲豸，好不好？我是蟲豸——還不放麼！」中國人固自以為文化高於一切，鄙視別國為夷狄之邦，但當那些夷狄之邦打進來時，平日傲慢的態度便會立刻完全改變。

此外則「色情狂」、「薩滿教式的衛道精神」、「多忌諱」、「狡猾」、「愚蠢」、「貪小利」、「富倖得心」、「喜歡湊熱鬧」、「糊塗昏瞶」、「麻木不仁」，都切中中國民族的病根，作者以嬉笑之筆出之，其沉痛逾於怒罵。

當〈阿Q正傳〉用「巴人」筆名在《北京晨報》副鐫發表時，有人在《小說月報》上表示對這篇文字的不滿，他說阿Q不像真有其人，為的作者形容太過火了。沈雁冰便替他

辯護道：阿Q有沒有其人我不知道，但阿Q確乎處處可以遇見，我好像同他面熟得很。呀！我明白了。原來中國人個個都帶有阿Q氣質。阿Q其實是中國人的典型。沈氏又道：我們不斷地在社會各方面遇見「阿Q相」的人物，我們有時自省，常常疑惑自己身體中也不免帶有一些「阿Q相」的分子。

阿Q既代表著中國人氣質，為整個中國民族的典型，所以最初發表時，讀者每疑阿Q就是指著他自己。《現代評論》涵廬（即高一涵）曾記他一個朋友初讀〈阿Q正傳〉時惴惴然疑這篇文字出於某人手筆，阿Q的事蹟樣樣都在對他諷刺。後來打聽出來作者與他並不相識，這才釋然。

但善做小說的人既賦作品中人物以「典型性」（Typica Trait），同時也必賦之以「個性」（Individual Trait），否則那人物便會流為一種公式主義，像中國舊劇裡的臉譜一樣。陳西瀅說：「阿Q不但是一個 Type，同時又是一個活

潑潑的人，他大約可以同李逵劉姥姥同垂不朽了。」（《新文學以來十部著作》）這就是說阿Q雖然是個典型人物，同時也是個個性人物。〈阿Q正傳〉之所以在文壇獲得絕大成功，其原因無非在此。

此外則〈狂人日記〉、〈風波〉、〈故鄉〉、〈社戲〉、〈孔乙己〉均為精彩之作。〈狂人日記〉是一篇抨擊舊禮教的半象徵文章。發表後，「吃人禮教」四字成為「五四」知識階級的口頭禪，其影響不能說不大。

魯迅第二集小說為《彷徨》，共包含作品十篇。如〈祝福〉寫村婦祥林嫂悲慘的命運，舊禮教及迷信思想之害。〈肥皂〉用嘲笑的態度，喜劇的寫法，刻畫道學先生的變態性欲。〈兄弟〉寫張沛君的假友愛。〈長明燈〉與〈狂人日記〉似係一個姊妹篇，寫革命失敗者悲劇。〈在酒樓上〉則為感傷主義作品。〈示眾〉寫中國人喜歡看殺頭的變態心理。還有〈幸福的家庭〉、〈傷逝〉等等，不必細述。

魯迅創作小說的藝術，我們現在可以略微討論。我以為他的小說藝術的特色雖富，最顯明的僅有三點：第一是用筆的深刻冷雋，第二是句法的簡潔峭拔，第三是體裁的新穎獨創。

有人說魯迅是曾經學過醫的，洞悉解剖的原理，所以常將這技術應用到文學上來。不過他解剖的對象不是人類的肉體，而是人類的心靈。他不管我們如何痛楚，如何想躲閃，只冷靜地以一個熟練的手勢舉起他那把鋒利無比的解剖刀，對準我們靈魂深處的創痕，掩藏最力的弱點，直刺進去，掘出血淋淋的病的癥結，擺在顯微鏡下讓大眾觀察。

他最恨的是那些以道學先生自命的人，所以他描寫腦筋簡單的鄉下人用筆每比較寬恕，到寫到〈阿Q正傳〉裡的趙太爺，〈祝福〉裡的魯四爺，〈高老夫子〉裡的高爾礎，便針針見血，絲毫不肯容情了。他寫〈阿Q傳〉本來為了痛惡阿Q這類人，想淋漓盡致地將他的醜態形容一下。然而寫到

阿Q被槍斃時，我們覺得真正可惡的還是那些趙太爺、錢舉人、把總老爺這一流土豪劣紳，阿Q不過做了他們的犧牲品罷了。

周作人說作者原意是想打倒阿Q的，誰知後來反倒將他扶起了。他認為這是魯迅的失敗。我覺得很有道理。魯迅之所以失敗，就因他恨那些「上流人」太深的緣故。他對於那些「上流人」不但把他們清醒時的心靈狀態，赤裸裸地給宣布出來，便是在他們睡眠中意識已失去裁判時，還要將他們夢中的醜態——或者這才是他們的真相——披露給大家看。

像〈兄弟〉那篇主人公張沛君一聽說他弟弟患了猩紅熱，便驚憂交集，寢食皆廢，可見他平日對兄弟如何友愛。然而他在夢中則虐待他兄弟的遺孤，把平日隱藏著不敢表示的自私自利心思一齊發泄出來了。這雖然應用奧地利心理學家佛洛依德（J. Freud）「夢的解釋」的原理來解剖張沛君的潛意識，但不是魯迅，也寫不得這樣入木三分。

又如〈肥皂〉裡主人公四銘先生看見街上一個侍奉祖母討飯的十七、八歲的女乞兒，對她發生同情，稱讚她是孝女，想做詩文表彰她，以為世道人心之勸。不過他這舉動，初則被含著醋意的太太罵破，繼則被一丘之貉的衛道朋友笑穿，我們才知道道學假面具下，原來藏著一團邪念。

〈阿 Q 正傳〉裡的趙太爺因阿 Q 調戲他的女僕，不許他再進門，但聽見阿 Q 有賊贓出售，就不禁食指大動，自毀前約。

〈祝福〉裡的魯四老爺憎惡祥林嫂是寡婦，尤其憎惡她的再嫁，說這種人是傷風敗俗的，但到底收留她，因為她會做活。因為筆法這樣深刻，所以魯迅文字忽然帶著濃烈的辛辣味，讀著好像吃胡椒辣子，雖涕淚噴嚏齊來，卻能得到一種意想不到的痛快感覺，一種神經久久鬱悶麻木之後由強烈刺激梳爬起來的輕鬆感覺。

但他的文字也不完全辛辣，有時寫得很含蓄。以〈肥

皂〉為例，他描寫道學先生的變態性欲，旁敲側擊，筆筆生姿，所謂如參曹洞禪，不犯正位，鈍根人學渠不得。又像〈風波〉裡七斤嫂罵丈夫不該剪去辮子，八一嫂來勸，揭了她的短處。她正沒好氣，恰值女兒來打岔，就罵她是「偷漢的小寡婦！」於是對方生氣了，說「七斤嫂，你恨棒打人！」作者始終沒有將七斤嫂這句話的用意說明，但他在事前閒閒著八一嫂「把著伊兩週歲的遺腹子」的一筆，事後又閒閒著「八一嫂正氣得抱著孩子發抖」的一筆，我們自然會感覺到那句罵話的重量了。

還有許多例子不及具引。總說一句，魯迅從不肯將自己所要說的話明明白白地說出來，只教你自己去想，思不透就怪你們自己太淺薄，他不負責。他文字的異常冷雋，他文字的富於幽默，好像諫果似的愈咀嚼愈有回味，都非尋常作家所能及。

魯迅作品用字造句都經過千錘百鍊，故具有簡潔短峭的優點。他答《北斗雜誌》問如何寫創作小說，曾有這樣的話：「寫完後至少看兩遍，竭力將可有可無的字、句、段刪去，毫無可吝惜。寧可將作小說的材料縮成 Sketch，不可將 Sketch 的材料拉長成小說。」

記得古人作文有「惜墨如金」之說，魯迅的「Sketch 論」足與媲美。他文字的簡潔真個做到了「增之一分則太長，減之一分則太短，施粉則太白，施朱則太赤」的地步。

句法的短峭則如《社戲》：「月還沒有落，彷彿看戲也並不很久似的，而一離趙莊，月光又顯得格外的皎潔。回望戲台在燈火光中，卻又如初來未到時候一般，又縹緲得像一座仙山樓閣，滿被紅霞罩著了，吹到耳邊來的又是橫笛，很悠揚。我疑心老旦已經進去了，但也不好意思說再回去看。」

〈白光〉：「他剛到自己的房門口，七個學童便一齊放

開喉嚨，吱的念起書來。他大吃一驚，耳朵邊似乎敲了一聲磬，只七個頭拖了小辮子在眼前晃，晃得滿房黑圈子也夾著跳舞。他坐下了，他們送上晚課來，臉上都顯出小覷他的神色。」

這二段文字，一段寫兒童戀著看戲的情景，一段寫落第秀才神智昏亂的情景，裡面心理的描寫都很細膩深刻。我常說句法單純不要緊，要緊的裡面含蘊「陰影」豐富，即此之謂。

魯迅作小說更有一種習慣，當事項進行到極緊張時，他就完全採用舊小說簡單的筆調。這裡不妨再舉〈風波〉裡最熱鬧的一段文字為例：

七斤嫂沒有聽完，兩個耳朵早通紅了；便將筷子轉過向來，指著八一嫂的鼻子，說：「阿呀，這是什麼話呵！八一嫂，我自己看來倒還是一個

人，會說出這樣昏誕胡塗話麼？那時我是整整哭了三天，誰都看見：連六斤這小鬼也都哭……」六斤剛吃完一大碗飯，拿了空碗，伸手去嚷著要添。七斤嫂正沒好氣，便用筷子在伊的雙丫角中間直扎下去，大喝道：「誰要你米多嘴！你這偷漢的小寡婦！」

噗的一聲，六斤手裡的空碗落在地上了，恰好又碰著一塊磚角，立刻破成一個很大的缺口。七斤直跳起來，撿起破碗，合上了檢查一回，也喝道：「入娘的！」一巴掌打倒了六斤。六斤躺著哭，九斤老太拉了伊的手，連說著「一代不如一代」，一同走了。

又如阿Q在趙太爺家調戲女僕一段：

吳媽是趙太爺家裡唯一的女僕，洗完了碗碟，也就在長凳上坐下了，而且和阿Q談閒天：

「太太兩天沒有吃飯哩，因為老爺要買一個小的……」

「女人……吳媽……這小孤孀……」阿Q想。

「我們的少奶奶是八月裡要生孩子了……」

「女人……」阿Q想。

阿Q放下煙管，站了起來。

「我們的少奶奶……」吳媽還嘮叨說。

「我和你睏覺，我和你睏覺！」阿Q忽然搶上去，對伊跪下了。

一剎時中很寂然。

「阿呀！」吳媽楞了一息，突然發抖，大叫著往外跑，且跑且嚷，似乎後來帶哭了。

阿Q對了牆壁跪著也發楞，於是兩手扶著空板

凳，慢慢的站起來，彷彿覺得有些糟。他這時確也有些忐忑了，慌張的將煙管插在褲帶上，就想去舂米。蓬的一聲，頭上著了很粗的一下，他急忙回轉身去，那秀才便拿了一支大竹槓站在他面前。

「你反了……你這……」

大竹槓又向他劈下來了。阿Q兩手去抱頭，啪的正打在指節上，這可很有一些痛。他衝出廚房門，彷彿背上又著了一下似的。

「忘八蛋！」秀才在後面用了官話這樣罵。

我們應當知道小說事項進行到緊張時，讀者的精神也就跟著振奮起來了，好奇心也被撩撥得按捺不住了，只希望快快讀下去好知道那事項的結果。若讀到彎彎曲曲的描寫，心理上必定大感不快──其欲擒故縱特作騰挪者不在此例──措詞過於新奇為我們所不慣，或描寫方法過於深曲，非費幾

分腦力不能理解者，用以描寫拉拉雜雜如火如荼的局勢，也足以損害我們的興趣。

魯迅文字新穎獨創的優點，正立在這「於詞必己出」，「重加鑄造一樣言語」上。沈雁冰批評他的〈狂人日記〉，說它的「題目、體裁、風格，乃至裡面的思想都是極新奇可怪的。」又說：「它的體裁分明給青年們一個暗示，使他們拋棄了『舊酒瓶』，努力用新形式來表現自己的思想。」這篇文字全體分為十三節，每節長者六七百字，短者僅十餘字。分行全用西法，三四字也可為一行。二三十年前中國文學感受西洋影響，短篇小說也有學西洋文學之分段分行的，但如〈狂人日記〉體裁之嶄然一新卻是初見。又這篇文字發表在一九一八年，這時候「五四」運動的狂流還沒有起來，所以尤其值得注意。

但我們要知道魯迅文章的「新」，與徐志摩不同，與茅盾也不同。徐志摩於借助西洋文法之外，更乞靈於活潑靈動

的國語;；茅盾取歐化文字加以一己天才的熔鑄，又成一種文體。他們文字都很漂亮流利，但也都不能說是「本色的」。

魯迅好用中國舊小說筆法，上文已介紹過了。他不惟在事項進行緊張時，完全利用舊小說筆法，尋常敘事時，舊小說筆法也占十分之七八。但他在安排組織方面，運用一點神通，便能給讀者以「新」的感覺了。化腐臭為神奇，用舊瓶裝新酒，果然是這老頭子的獨到之點。譬如他寫「單四嫂子」死掉兒子時的景況：

下半天棺材合上蓋，因為單四嫂子哭一回，看一回，總不肯死心塌地的蓋上。幸虧王九媽等得不耐煩，氣憤憤的跑上前，一把推開她，才七手八腳的蓋上了。

若其全篇文字都是這樣，還有什麼新文藝之可言。但下

文寫棺材出去後單四嫂子的感覺：

　單四嫂子很覺得頭眩，歇息了一會，倒居然有點平穩了。但她接連著便覺得很異樣：遇到了平生沒有遇過的事，不像會有的事，然而的確出現了。她越想越奇了，又感到一件異樣的事——這屋子忽然太靜了。

這種心理描寫，便不是舊小說筆法所能勝任的了。又像

〈藥〉：

　「這給誰治病的呀？」老栓也似乎聽得有人問他，但他並不答應，他的精神，現在只在一個包上，彷彿抱著一個十世單傳的嬰兒，別的事情都已置之度外了。他現在要將這包裡的新生命移植到他

家裡，收獲許多幸福。太陽也出來了；在他面前顯出一條大道，直到他家中，後面也照見丁字街頭破匾上「古口亭口」這四個黯淡的金字。

又像〈祝福〉寫祥林嫂被人輕蔑她是失節婦人，並說她死後閻羅大王要將她身體鋸開分給兩個丈夫，她的神經受了極強烈的刺激，就想實行「贖罪」的方法。但實行「贖罪」之後，大家仍然把她當不潔淨的人看待，於是她就完全陷於失望深淵中了。作者敘述她痛苦的情形：

她大約從他們的笑容和聲調上，也知道是在嘲笑她，所以總是瞪著眼睛，不說一句話，後來連頭也不回了。她整日緊閉了嘴唇，頭上帶著大家以為恥辱的記號的那傷痕，默默的跑街、掃地、洗菜、淘米。快夠一年，她才從四嬸手裡支取了歷來積存

的工錢，換算了十二元鷹洋，請假到鎮的西頭去。

但不到一頓飯的時候，她便回來，神氣很舒暢，眼光也分外有神，高興似的對四嬸說，自己已經在土地廟捐了門檻了。

冬至的祭祖時節，她做得更出力，看四嬸裝好祭品，和阿牛將桌子抬到堂屋中央，她便坦然的去拿酒杯和筷子。

「你放著罷，祥林嫂！」四嬸慌忙大聲說。

她像是受了炮烙似的縮手，臉色同時變作灰黑，也不再去取燭台，只是失神的站著。直到四叔上香的時候，教她走開，她才走開。這一回她的變化非常大，第二天，不但眼睛窈陷下去，連精神也更不濟了。而且很膽怯，不獨怕暗夜，怕黑影，即使看見人，雖是自己的主人，也總惴惴的，有如在白天出穴遊行的小鼠；否則呆坐著，直是一個木偶

人。不半年，頭髮也花白起來了，記性尤其壞，甚而至於常常忘卻去淘米。

　　這種筆法也不是舊小說所能有的。現在新文藝頗知注意歐化，遣辭造句漸趨複雜，敘述層次漸深，一變舊小說單調和平面鋪張之習，這原是很可喜的現象。不過弊端也不少，那些呆板的歐化文字，恨不得將「我說」改為「說我」，「三朵紅玫瑰花」寫作「三朵紅們的玫瑰花們」固無論矣，而不問其人、不問其地，一例打著洋腔，也未免好笑。文學屬於文化之一體，取人之長，補己之短是應該的，失去了民族性則問題便可研究。

　　日本文學在明治維新時代極力模仿西洋，亦步亦趨，尺寸惟恐或失，現在卻已能卓然自立，表現「純日本的」精神了。中國文學比日本落後三四十年，現在正走在「模仿」的階段上，我們原也不必過於求全責備。但許多作家錯把手段

當做目的，老在歐化裡打圈子，不肯出來，那便很可惋惜。

魯迅文字與這些人相比，後者好像一個故意染黃頭髮，塗白皮膚的矯揉造作的「假洋鬼子」，前者卻是一個受過西洋教育，而又不失其華夏靈魂的現代中國人。

中國將來的新文學似乎僅有兩條路可走：第一條路，文學國語化，實行胡適「國語的文學」教訓。第二條路創造一種適合全國人民誦讀的「標準白話」。能走第一條路固好，否則便走第二條。這種「標準白話」要不蹈襲前人窠臼，不抄襲歐化皮毛，充分表現民族性。像魯迅這類文字以舊式小說質樸有力的文體做骨子，又能神而明之加以變化，我覺得很合我理想的標準。

最後，我們應當知道魯迅是中國最早的鄉土文藝家，而且是最成功的鄉土文藝家。他的弟弟周作人一生以提倡鄉土文藝為職志，隨筆中屢有發揮。

魯迅的《吶喊》和《彷徨》十分之六七為他本鄉紹興的

故事。其地則無非魯鎮未莊，咸亨酒店，茂源酒店；其人物則無非紅鼻子老拱，藍板阿五，單四嫂子，王九媽，七斤，七斤嫂，八一嫂，閏土，豆腐西施，阿Q，趙太爺，祥林嫂；其事則無非單四嫂子死了兒子而悲傷，華老栓買人血饅頭替兒子治癆病，孔乙己偷書而被打斷腿，七斤家族聞宣統復辟而躲起來的一場辮子風波，閏土以生活壓迫而變成麻木呆鈍，豆腐西施趁火打劫……而已。他使這些頭腦簡單的鄉下人或世故深沉的土劣，像活動影片似的在我們面前行動著；他把他們的喜怒哀樂，他們愚蠢或奸詐的談吐、可笑或可恨的舉動惟妙惟肖地刻畫著。其技巧之超卓，真可謂「傳神阿堵」、「神妙欲到秋毫顛」了。自從他創造了這一派文學以後，表現「地方土彩」（Local color）變成新文學界口頭禪，鄉土文學家也彬彬輩出，至今尚成為文壇一派勢力。

魯迅記述鄉民談話，並不用紹興土白，這也是一個值得研究的問題。胡適常惜〈阿Q正傳〉沒有用紹興土白寫，以

為若如此則當更出色。許多人都以這話為然，我則不得不略持異議。要知道文學應具「普遍性」，應使多數讀者感到興趣和滿足，不能以一鄉一土為限。鄉土文學範圍本甚隘狹，用土白則範圍更小。這類文藝本土人讀之固可以感到三倍的興趣和滿足，外鄉人便將瞪目而不知所謂，豈不失了文學的大部分功用？

國家圖書館出版品預行編目資料

彷徨：魯迅／著，初版，新北市，
　新視野 New Vision，2023.10
　　面；　公分 --
　　ISBN 978-626-97314-8-0（平裝）

857.63　　　　　　　　　　　　　112012448

彷徨

魯迅　著

方志野　主編

出　　版　新視野 New Vision
製　　作　新潮社文化事業有限公司
製 作 人　林郁
　　　　　電話 02-8666-5711
　　　　　傳真 02-8666-5833
　　　　　E-mail：service@xcsbook.com.tw

總 經 銷　聯合發行股份有限公司
　　　　　新北市新店區寶橋路 235 巷 6 弄 6 號 2F
　　　　　電話 02-2917-8022
　　　　　傳真 02-2915-6275

印前作業　東豪印刷事業有限公司
印刷作業　福霖印刷有限公司

初　　版　2023 年 10 月